聂作平 —— 著

绝望江湖

《水浒传》的另一面

新世界出版社
NEW WORLD PRESS

图书在版编目（CIP）数据

绝望江湖：《水浒传》的另一面 / 聂作平著.
北京：新世界出版社, 2025. 4. -- ISBN 978-7-5104-8033-1

Ⅰ. I207.412

中国国家版本馆CIP数据核字第20246FL832号

绝望江湖：《水浒传》的另一面

作　　者：	聂作平
责任编辑：	刘　颖
责任校对：	宣　慧　张杰楠
责任印制：	王宝根
出版发行：	新世界出版社
网　　址：	http://www.nwp.com.cn
社　　址：	北京西城区百万庄大街24号（100037）
发 行 部：	（010）6899 5968（电话）　（010）6899 0635（电话）
总 编 室：	（010）6899 5424（电话）　（010）6832 6679（传真）
版 权 部：	+8610 6899 6306（电话）　nwpcd@sina.com（电邮）
印　　刷：	天津旭非印刷有限公司
经　　销：	新华书店
开　　本：	880mm×1230mm　1/32　尺寸：145mm×210mm
字　　数：	200千字　　印张：9.25
版　　次：	2025年4月第1版　2025年4月第1次印刷
书　　号：	ISBN 978-7-5104-8033-1
定　　价：	49.00元

版权所有，侵权必究

凡购本社图书，如有缺页、倒页、脱页等印装错误，可随时退换。

客服电话：（010）6899 8638

编者的话

《水浒传》又名《忠义水浒传》，是我国第一部以农民起义为题材且取得了极大成就的长篇白话小说，在中国和世界文学史上占有极重要的位置。《水浒传》的成书，取材于北宋宣和年间宋江起义的故事。由于其传奇性，水浒故事在民间流传颇广，是宋元话本、元杂剧及历代口头文学创作的主要题材之一。至元末明初，由施耐庵整理创作成书。《水浒传》在广泛传播过程中迭经修改，不仅产生了繁本和简本两大系统，各种版本、评点本极多，而且关于版本真伪优劣和作者到底是谁的争议也颇多，在此就不展开说了。自成书以来，《水浒传》以其鲜活生动的人物、冲突激烈的情节、简洁传神的白描手法和纵横交错的复式结构深受古今中外读者的喜爱，历来解读评论水浒的作品不可胜数。

本书作者聂作平著作甚丰，尤以历史地理创作见长。他践行"读万卷书，行万里路"的古训，每创作一部作品前，除了手不释卷地读书查资料，还常常实地寻访，从古迹和民风中汲取真相和灵感。作为一名专职作家，读书既是他的爱好和习惯，也是他的工作，那么他最爱读的书是哪一本呢？

作者在本书中有一段自白："《水浒传》这书，应该是所有文学作品里，我阅读次数最多的——没有之一。自从小学三年级半通不通、好多稍微生僻一点的字就得囫囵吞枣跳过去地读了第一遍起，此后三四十年间，至少读过二十遍。书还是那本书，故事还是那些故事，人还是那群人，但随着年岁渐长，阅历增多，关注的对象也渐渐有所不同。少年时，最感兴趣的是武功高强且性格直爽者，如李逵、鲁达，或是怀有道术的方外高人，如公孙胜、樊端；二三十岁时，喜欢的是集勇猛与精明于一身者，如武松、林冲、石秀，以及具备另一种更为强大的生存本领者，如宋江和吴用。独独中年以后，方才注意到书中一些微不足道的小角色……"

中年以后，聂作平重拾《水浒》，重温少年时的英雄梦，又生出许多新滋味，见解好恶已大不同。他把读《水浒》时的灵光一现和心头所感随笔记下，连缀成篇，日积月累，便成了这本小书。书中观点看法反映了作者研究水浒故事几十年的个人认知。但正如"一千个读者有一千个哈姆雷特"，每个读者心里，或许都有不一样的水浒人物，认知和观点如有不同，实属正常。

在本书出版之前，《林冲和他的绝望年代》《雷横：一个基层执法者的厚黑学》《梁山好汉经济收入考》《佛祖欠他们一个公道：瓦罐寺的老僧》《做一个李小二那样的平凡人》《做稳了的"小"和没做稳的"小"》等篇目已在《四川文学》《三峡文学》《福建文学》《随笔》等杂志发表过。本次编者对相关文章的内容和文字做了删改修订，并按主题对文章重新归类编排。限于编者水平，难以做到尽善尽美。书中若有不妥之处，恳请读者海涵指正。

目录

绿林篇

林冲和他的绝望年代 /003

阮小七心里苦,阮小七不说 /019

武松:行者的回忆 /032

雷横:一个基层执法者的厚黑学 /044

李俊:绿林好汉最好的出路竟是出国? /057

"巨婴"卢俊义的悲剧人生 /067

世情篇

她的美丽带来的是无边的灾难 /085

做一个李小二那样的平凡人 /092

武松和他的三段温情时光 /105

小人物更让我们温暖 /122

佛祖欠他们一个公道:瓦罐寺的老僧 /130

做稳了的"小"和没做稳的"小" /138

政治篇

洪太尉：权力的任性 /149

《水浒传》里的皇帝 /157

黄文炳：告密者的悲惨下场 /166

大宋朝的司法有多黑 /180

大宋怪圈：强人为什么越剿越多 /198

权谋篇

滴血的义气：梁山泊的四次权力斗争 /211

你是大哥的心腹和爪牙，我是自个儿的爹 /229

大哥与小弟，以及他们的爹和娘 /239

学术篇

江湖吃人考 /247

梁山好汉经济收入考 /259

梁山组织人事考 /271

綠林篇

林冲和他的绝望年代

进香,进香,进甚鸟香。原本是求菩萨保佑,谁知人生却像陶轮一样翻转过来。在佛前虔诚拜叩之后,仅仅半年工夫,堂堂禁军教头林冲竟不得不上山落草。

多年以后,征讨方腊的战事终于结束了,从前所向披靡的梁山英雄损兵折将,就像道君皇帝宋徽宗对宋江感叹的那样,"卿之弟兄,损折大半"。

林冲既是幸运的,又是不幸的。幸运,他是活着并凯旋的少数头领之一;不幸,就在即将班师回京之际,他却"染患风病瘫了","又不得痊",只好留在杭州城外的六和寺,由失去一条手臂的武松看视,"后半载而亡"。

或许,于林冲而言,留在江南,留在六和寺,而不是跟随宋公明哥哥一同进京接受朝廷封赏,才是最好的安排。不然,回到京城,他必将看到害得自己家破人亡、亡命江湖的仇人,甚至还不得不同朝为官,林冲将情何以堪?

豹子头林冲

在六和寺的半年里，没有了金鼓的鸣响与战马的嘶鸣，唯有钱塘江大潮夜夜闯进深院，如同午夜梦回的哀歌。缠绵病榻的林冲面对端茶送药的侍者，一定会想起他带妻子林张氏去进香的那个遥远的下午。

也许，随着岁月流逝，妻子的面容已经有些模糊了，但那个下午发生的一切，却始终铭刻于心。那是林冲一生中最后悔的事：如果不去进香，就不会有后来雪崩般的变故。

"如果不去进香，高衙内就不会见到妻子；如果没见到妻子，高衙内就不会害相思病；如果高衙内没害相思病，高俅就不会想方设法陷害我；如果高俅没有陷害我，我就不会走投无路，不得不落草，我将一直在京城当我的教头，过着优渥体面的生活。"

进香，进香，进甚鸟香。原本是求菩萨保佑，谁知人生却像陶轮一样翻转过来。在佛前虔诚拜叩之后，仅仅半年工夫，堂堂禁军教头林冲竟不得不上山落草。

当然，这不是佛陀的错，这是人间的恶。

书中交代，林冲的父亲当过提辖，他的岳父是教头，他本人也出任八十万禁军枪棒教头。

历史上，禁军教头本是低级军官，但《水浒传》中暗表，林冲经常到白虎堂开会，殿帅府统领八十万禁军的高太尉对他也不陌生。那么，无论如何，林冲也算得上是个人物。他能拿出一千贯买宝刀，说明他家境殷实，不差钱；林冲出场时，手里拿的是一柄折叠纸扇，而不是一把禅杖或一柄尖刀或一根哨棒，以及他还会写诗，这说明他的生活品位和文化水准远高于梁山泊的大多数弟兄。比如说和用手捞鱼汤吃的李逵一比，无疑云泥之判。套用时下一句话，林冲是喝咖啡的，李逵是吃大蒜的。

所以，军官林冲，有地位有身份，有银子有闲暇，并且，还有一个如花似玉、温柔贤惠的妻子。混到这地步，相信大多数读者都会心生羡慕。

人们常常爱说逼上梁山。梁山108条好汉，确实有不少是被逼落草的。如劫取生辰纲的"7+1"组合，他们犯下了弥天大罪，遭到官军追捕，不得不上梁山。就是说，他们犯事在先，其行为已先不容于王法。假设他们不劫生辰纲，安心做他们的保正、渔民、道士和乡村教师，就不用上山落草了。

还有一种逼上梁山，不是官府所逼，而是梁山所逼。比如朱仝、李应、卢俊义等人。山寨看上了他们的才能或社会地位，出于需要，便以"义气"的名义，把他们逼上梁山。

真正被奸臣恶吏逼得走投无路，天地之大却无处容身，不得不上山落草的，其实并不多：解珍、解宝兄弟，柴进大官人和林冲数人而已。

个中最令人心酸的，便是原本生活在官僚体制中，对这一套等级制度寄托了无限幻想的林冲。只因妻子貌美不幸被官二代看中，便"闪得我有家难奔，有国难投"。

那么，林冲的人生幻想是什么？《水浒传》并没有详细描述，我们只能依据《水浒传》文本进行推测。

却说林冲风雪山神庙，侥幸没被苦苦相逼的高俅害死，投奔到柴进庄上，又蒙柴进写信，介绍他到梁山泊入伙。这位几个月前尚是禁军教头的军官,此时,已经只有上山落草这条唯一的出路了。

然而,这唯一的出路也如此艰难——风雪之夜,他来到了相当于梁山泊情报站的朱贵酒店。店里,向酒保打听去梁山泊的路时,酒保告诉他:"虽只数里,却是水路,全无旱路。若要去时,须用船。"林冲请酒保提供船只,并愿"多与你些钱",酒保却表示"却是没讨处"。借酒浇愁的林冲抚今追昔,堂堂禁军教头,竟落到了连做强盗都不成的地步。于是,"感伤怀抱,问酒保借笔砚来",在店中白壁上写下八句诗:

仗义是林冲,为人最朴忠。

江湖驰誉望,京国显英雄。

身世悲浮梗,功名类转蓬。

他年若得志,威镇泰山东。

此时的林冲,已然对重回体制彻底绝望,但他的诗和宋江在浔阳楼所吟的"血染浔阳江口""敢笑黄巢不丈夫"这种赤裸裸的反诗相比,不过是自伤身世地发了一番牢骚而已。

他自我评价,自己行事仗义,为人质朴。误入白虎堂之前,他在京师当教头,人生理想是在江湖上有个好名声(江湖驰誉望);此外,更希望为国家效力,做一个有益于社会的英雄(京国显英雄)。

可以说,到岳庙进香还愿之前,即高衙内遇到林娘子之前,林冲的幻想其实是理想,是完全有可能实现的。

但是,残酷的现实很快就打了林冲的脸。

谁叫你有一个如花似玉的老婆?谁叫你带她出来进香,并

豹子头误入白虎堂

且,最关键的是,谁叫你一不小心竟让高衙内看到了她?

匹夫无罪,怀璧其罪。在那样的黑暗时代,给你一个美若天仙的妻子,相当于要你的命(有林冲和武大为证);给你一座仙境般的园子,也相当于要你的命(有柴皇城为证);给你一头官府重金悬赏的大虫,还是相当于要你的命(有解氏兄弟为证)。

即便遭受高俅陷害,林冲仍然幻想回到官僚体制,至少回到正常社会。

高俅的目的却是要林冲死。林冲必须死。只有林冲死了,他的娘子才有可能归于高衙内。幸好,大宋官场也并非一点正直的声音都没有。比如,开封府孔目孙定就是其中一个。此人"为人最鲠直,十分好善,只要周全人"。正是他,逆了高俅龙鳞,好歹救下林冲性命。在被打了二十大板,纹了面颊之后,林冲刺配沧州。命运如此,他认命,他希望像岳父劝他的那样"只顾前程去,挣扎回来厮见"。

高俅派虞候陆谦以二十两金子——预付十两,事成后再付十两——买通了押送林冲的两位公人董超、薛霸,要求他们"只就前面僻静去处,把林冲结果了","揭取林冲脸上金印,回来做表证"。于是,野猪林里,林冲被二位公人骗绑在大树上,当薛霸"便提起水火棍来,望着林冲脑袋上劈将来",而林冲只有"泪如雨下"时,若非仗义且精明的鲁智深一路跟随,林冲就这么不明不白地在异乡做了冤死鬼。

意外的是,当鲁智深"提着禅杖,轮起来打两个公人"时,已经闭眼等死的林冲睁开眼,"认得是鲁智深",连忙叫道:

"师兄不可下手,我有话说。"

两个公人不仅按陆谦吩咐要害林冲,且路上一直想方设法折磨他。按理,鲁智深杀他们,乃是出了林冲胸中一口恶气,林冲不应阻挡。

但林冲出面阻挡了,并为两个公人辩解,"非干他两个事,尽是高太尉使陆虞候分付他两个公人,要害我性命,他两个怎不依他"。林冲说得自然有理,董、薛二人杀他,固然是高俅要求,他们既贪图殿帅府的金子,更害怕殿帅府的权势——用薛霸的话说,"高太尉便叫你我死,也只得依他"。不过,纵然他们只是不得不听命于高俅,却也并非就没有罪过——比如前一天晚上在客店里,两人用滚烫的开水烫伤了林冲双脚,"脚上满面都是燎浆泡",又偷走林冲旧草鞋,把一双新草鞋与他穿——"耳朵并索儿却是麻编的",旧鞋合脚,新鞋不合脚,"林冲走不到三二里,脚上泡被新草鞋打破了,鲜血淋漓"。杀人倒也罢了,在杀人之前,还要如此捉弄折磨,两个公人的狠毒可见一斑。所以,若把林冲换成武松,两个公人早死一百回了。

林冲却不肯让鲁智深杀了两个公人。林冲是个精细人,他不可能对这两个公人不愤恨。但是,愤恨归愤恨,却不能杀。因为,此时的他对官僚体制还抱有幻想。一旦杀了公人,这幻想便将如同肥皂泡一样破灭。

到了沧州牢城,依靠银子的力量和柴大官人的信件,当"别的囚徒,从早起直做到晚,尚不饶他"时,林冲享受优待看管天王堂,"每日只是烧香扫地",不仅工作轻松,且时间自由,"日久情熟,由他自在,亦不来拘管他"。

及至在异乡见到曾受恩于己的李小二夫妻,他常到李小二酒店里吃吃喝喝,甚至还有银两"与他做本钱"。恍惚间,林冲似乎又回到了东京的教头时代。

可以肯定,此时的林冲对重回官僚体制和正常社会的幻想更大了。他幻想朝廷有朝一日大赦,他就能名正言顺地重返京师,与娘子相聚。若是天可怜见,高俅倒台,说不定还能再做教头也未可知。

天王堂里的林冲,就像在一艘即将沉没的破船上找到了一个稍微舒适的座位,他没功夫也没力量去管船还能航行多久,他最需要的是坐下来舔一舔伤口。

高俅却没有忘记他,高俅要他必须死。因为,即便挖坑陷害了林冲,但林冲的娘子和林冲的岳父张教头还在盼着他从刺配的沧州回家。林冲不死,林娘子的希望就在,张教头就有最充分的理由拒绝高衙内。林冲不能不死。

于是,就有了大家早在中学时代就学习过的《林教头风雪山神庙》。

尽管陆谦等人放的火没有烧死林冲,但失火烧了大军草料场同样是死罪,如此前提下,林冲终于对重回体制绝望了。现实极为残忍地打了他的脸——幻想永远只是幻想。

他可以忍受妻子被调戏,可以忍受脸上纹了金印,打了几十板子充军。那是因为他还有幻想。

哀,莫大于心不死。草料场那把大火之前的林冲,他的心没死。那颗心,便是对重回体制的幻想之心。

然而，大火既"刮刮杂杂的烧着"，躲在庙门后获悉了陆谦等人的阴谋后，林冲明白，他仅仅因为妻子貌美，便遭到权贵永无止境的陷害。无论他如何忍让，高俅的陷害都不会停息，躲得过初一，也躲不过十五。

绝望的林冲如同出笼的饿虎，在那个朔风凄紧的风雪之夜，在荒凉的山神庙前，他大开杀戒。这也是《水浒传》中最让人痛快的桥段：

> 林冲举手胪察的一枪，先戳倒差拨。陆虞候叫道："饶命！"吓的慌了手脚，走不动。那富安走不到十来步，被林冲赶上，后心只一枪，又戳倒了。翻身回来，陆虞候却才行的三四步，林冲喝声道："奸贼！你待那里去！"批胸只一提，丢翻在雪地上，把枪搠在地里，用脚踏住胸脯，身边取出那口刀来，便去陆谦脸上阁着，喝道："泼贼！我自来又和你无甚么冤仇，你如何这等害我！正是杀人可恕，情理难容。"陆虞候告道："不干小人事，太尉差遣，不敢不来。"林冲骂道："奸贼，我与你自幼相交，今日倒来害我，怎不干你事！且吃我一刀。"把陆谦身上衣服扯开，把尖刀向心窝里只一剜，七窍迸出血来，将心肝提在手里。回头看时，差拨正爬将起来要走，林冲按住喝道："你这厮原来也恁的歹，且吃我一刀！"又早把头割下来，挑在枪上。回头看时，把富安、陆谦头都割下来，把尖刀插了，将三个人头发结做一处，提入庙里来，都摆在山神面前供桌上。

林教头风雪山神庙

……后来,梁山泊多了一个令官军胆寒的对手。他武艺高强,一把蛇矛神出鬼没,每一次奋力的刺杀都会有一种嗜血的快感。他压抑得太久,太需要释放。

那便是林冲。

高唐州城下,林冲面对高俅堂弟高廉,新仇旧恨,一齐涌上心头。他跃马出阵,大骂:"姓高的贼!"——一箭之遥的高俅堂弟,一定让林冲想起了高俅对他的暗算,让他想起了多年前那个进香的遥远的下午,让他想起了山神庙前败絮般飞舞的弥天大雪。

林冲喝道:"你这个害民强盗,我早晚杀到京师,把你那厮贼臣高俅,碎尸万段,方是愿足。"

非常耐人寻味,在官府看来,杀人越货的林冲是强盗;但在林冲看来,像高家弟兄这种道貌岸然的官员才是强盗,他们以合法手段巧取豪夺,乃至陷人于死地。

所以,林冲天才地在强盗前面加了个定语:害民。

据南宋岳珂《桯史》卷四记载,南宋初年有一个叫郑广的海盗,也如宋江一样被招安做了官。一天,官场聚会,众官谈笑风生,却无人理他。郑广站起来说,我是个粗人,做了首诗献给大家。众人听得郑广高声吟道:

郑广有诗上众官,文武看来总一般。
众官做官却做贼,郑广做贼却做官。

然而,文武双全如林冲,依然没能如他所愿为屈死的娘子和自己夭折的前途报仇。不是没机会。高俅率十节度使亲征梁山,三败之后,水军将他活捉上山。此时,林冲便有了手刃仇

人的复仇良机。

但是，在梁山，林冲虽屡立战功，却只能坐第六把交椅，而一二三四把交椅上坐的，才是梁山的核心决策层。核心决策层的既定方针是投降，是招安；那么，做了俘虏的高俅不但不能杀，还要隆重接待。

那么，就只能委屈林冲了。

梁山虽然号称最讲义气，然而大多数时候，义气只是大哥用来要求小弟的。小弟却不能因大哥提倡讲义气，就反过来要求大哥也对自己讲义气。这样干，本身就是不讲义气。尤其是，如果这义气还关系到大哥为众家兄弟描绘的锦绣前程。

大约是施耐庵先生没想好林冲会如何对付被俘后的高俅，是以《水浒传》里竟一字未提。倒是1996年版的电视连续剧

《水浒传》里,对此演绎得非常到位。

是时,燕青奔进门,告诉林冲高俅被捉。林冲提了刀就要去取高俅首级。然而,当他来到忠义堂前,他惊讶地发现,忠义堂大门紧闭,看守士兵声称宋头领有令,任何人不得进入,违令者斩!

奸猾如宋江,自然明白林冲要干什么。

忠义堂前,当一墙之隔的宋江与高俅摆酒陪话时,悲愤至极的林冲不仅早已对官场绝望,也对江湖绝望。

那是一个绝望的年代。

及后,趁宋江疏忽,林冲终于找机会揪住了高俅,一把钢刀架到了高俅颈上:在白虎节堂设计陷害我的是谁?判我死罪不成,要在我刺配途中杀害我的又是谁?然而,林冲还是没能像他说的那样,"我要用你的头祭我娘子的不散冤魂,解我十年仇恨",因为宋江火速令人把林冲硬生生拖走,并果断护送高俅下山。等林冲和鲁智深追来,高俅的轻舟已然乘风远去。遥望水天交际的远方,林冲一口鲜血喷涌而出,从马背上跌下来,而仰天长啸的鲁智深挥出老拳,把一匹马打翻在地……

以后,当宋江等人高拱着屁股跪在地上接受封赏,由绿林而进入大宋官场时——就像负责招安的宿太尉说的那样,我们今后都是朝廷的人了。林冲却在病床上含恨离世。旁边,是那副曾经护卫他冲锋陷阵的铠甲。电视剧给了铠甲一个特写镜头,苍凉的音乐里,这个风雨之夜,行将离开人世的主人,只能与再无用武之地的铠甲凄然相对……

犹记十数年前,看片至此,不由热泪长流:如此大好男儿,竟被逼得这般凄凉末路，这都什么鸟世道啊？

清朝嘉庆、道光以降，民变风起云涌，一个叫俞万春的文人曾随其父参与镇压农民起义。为宣扬他"尊王灭寇"的思想，他在金圣叹七十回本《水浒传》（即全书到《忠义堂石碣受天文》结束）的基础上，续写七十回，名为《续水浒》，又名《荡寇志》。

《荡寇志》里，梁山好汉没有被招安，而是被陈希真、陈丽卿父女所灭。有意思的是，作为正面主角的陈希真父女，也曾受高俅父子迫害。书中说，史进的师父王进与林冲交手，并怒斥林冲落草，林冲为此气得卧病不起。与此同时，高俅因罪发配沧州，朱仝、雷横杀死高俅，将他的首级送到梁山。吴用说："这颗头来得正好。林兄弟现在患病，大半由于旧时的怨气，难得二位兄弟取了这高贼的头来，何不与他看看，以解其闷。"此时，"林冲卧床半月有余，仅存一丝一息，不能起床。忽闻朱、雷二人来探病，便勉强应酬了几句。朱、雷二人一齐道：'恭喜林兄长，有一件事，小弟们报得仇来。'林冲问是何事，二人便将高俅首级捧上道：'这是高俅的头，小弟如此如此取来，特为兄长解闷。'林冲一见，呼的坐起身来，接了高俅的头，看了一看，咬着牙齿道：'我为你这厮身败名丧，到今日性命不保，皆由于你！'言毕，将头掷出窗户之外，掼为齑粉。林冲狂叫了一声，倒身仰卧而绝。众人大吃一惊，急前看时，果然气息全无，认认真真的死了"。

屁股决定脑袋。在俞万春笔下，梁山好汉是一伙合该被团灭的贼人，是以好汉们的死法多有不堪。林冲之死，算是结局较好的了——事实上，如果真的能在生前看到高俅首级，林冲即便死了，也当含笑九泉。可惜，他的这一愿望，只能让反《水浒传》的文人替他实现了。

阮小七心里苦,阮小七不说

好的社会和好的体制,是让恶人不敢作恶;而坏的社会和坏的体制却是让好人也不得不作恶,不得不沦为恶人。

"晁盖大哥带着弟兄们劫取了一套大富贵,那就是梁中书送给他岳父蔡太师的价值十万贯的生辰纲;宋江大哥带着弟兄们成就了一个大未来,那就是宋大哥念念不忘的招安。

"我的二哥和五哥享受了大富贵,却没等到大未来。只有我阮小七,既享受了大富贵,也见识了大未来。只是,大未来到来时,我早已心如死灰。就像鲁智深对宋江说的那样:'都不要,要多也无用。只得个囫囵尸首,便是强了。'"

——许多年过去了,当年迈的阮小七面对夕阳西下时烟水苍茫的石碣村时,他又一次回想起了自己这一生。

其时,江湖冷落,英雄迟暮。一切,都已面目全非。唯有往事,却越来越清晰。一杯残酒里,晃动的竟是早年的热血和

活阎罗阮小七

逞告身渔夺津 善击靓

顺数第七席饮

活阎罗阮小七

豪情。

那时候，青春在手，虽然贫穷，青春依然逆风飞扬，哪怕最廉价的村醪也喝得兴高采烈。

梁山好汉中，出身最底层的草根固然不少，但真正赤贫到一无所有的，大概要数山寨元老级人物阮氏兄弟。吴用前往石碣村说三阮撞筹时，他看到阮小二家"枯树桩上缆着数只小渔船，疏篱外晒着一张破渔网，倚山傍水，约有十数间草房"。只见"阮小二走将出来，头戴一破头巾，身穿一领旧衣服，赤着双脚"；"阮小五斜戴着一顶破头巾，鬓边插朵石榴花。披着一领旧布衫，露出胸前刺着的青郁郁一个豹子来；里面匾扎起裤子，上面围着一条间道棋子布手巾"；"阮小七头戴一顶遮日黑箬笠，身上穿个棋子布背心，腰系着一条生布裙"。看衣着打扮，一望即知是家无隔夜粮的穷人。不要说无法与当军官的鲁达、林冲相提并论，就是比起卖艺的李忠、薛永，都还要过得寒碜。

阮氏三雄出场时，三兄弟都已二三十岁了，男大当婚，女大当嫁，但只有阮小二娶了老婆。阮小五和阮小七都是单身汉。他们"数只小渔船，一张破鱼网"，梁山泊里打鱼谋食。

这辛苦的营生，也因梁山泊"新有一伙强人占了，不容打鱼"而作罢，只好在家门前的石碣湖里胡乱捞几条小鱼。阮小五连日去赌钱，手气又背，输得没了分文，把老娘头上的钗儿也讨去做了赌资。

张皇无计时，吴用来了。吴用的目的，是为劫取生辰纲寻找行动人选。老奸巨猾的吴用明白，阮氏兄弟生活越是困难，

立地太岁阮小二
短命二郎阮小五

处境越是不堪，他们加入团伙的可能就越大，对团伙的依赖就越强，对团伙就越死心塌地。

如果说劫取生辰纲对晁盖、吴用以及公孙胜而言，不过是锦上添花，甚至因为它是与官府作对而异常刺激，以至跃跃欲试的话，那么，对阮氏兄弟来说，则是雪中送炭，饿了送饭；是走投无路时，有人给他们指出了一条康庄大道。

把造反看作康庄大道乃至人生最高理想的，梁山泊众多头领中，也只有阮氏兄弟而已。在和吴用谈及梁山强人时，阮氏兄弟就表露出了毫不遮掩的羡慕忌妒恨——阮小五说："我们弟兄三个空有一身本事，怎地学得他们。"阮小七则说："人生一世，草生一秋。我们只管打鱼营生，学他们过一日也好。"

阮氏兄弟渴望落草，不怕与官府作对，一贫如洗是其一。更重要的是，他们看不到未来。因为当下的生存，已经因豺狼当道而十分艰难。

大地震到来之前，最先感到不安的不是万物之灵长的人类，而是低等的鼠类、鱼类、兽类；社会大动荡来临之前，最先感到不安的不是高高在上的朝廷大员，而是身处底层的草根。

阮小五一语道破了斯时的社会乱象："如今那官司一处处动掸便害百姓。但一声下乡村来，倒先把好百姓家养的猪羊鸡鹅，尽都吃了，又要盘缠打发他。"

要言之，好的社会和好的体制，是让恶人不敢作恶；而坏的社会和坏的体制却是让好人也不得不作恶，不得不沦为恶人。

加入"7+1"组合后，生辰纲到手，然后东窗事发，然后上山落草，然后在林冲帮助下，晁盖大哥做了山寨之主。阮小七也和两个哥哥一起,各自坐了一把交椅,实现了他们的落草梦。

那以后,虽然时常要和围剿的官军厮杀,却也终究过上了阮小五盼望过的好日子:"不怕天,不怕地,不怕官司,论秤分金银,异样穿绸缎,成瓮吃酒,大块吃肉,如何不快活。"

如果晁盖大哥不死,这种快活日子将一直快活下去。因为,晁盖既未有过招安的念头,也未有过替天行道的自许。他只想守着梁山泊这一洼之水,做一个自由自在的山大王。然而,世事无常,晁盖中箭挂了,梁山泊换了新首领。宋江大哥是一个有激情的人,他矮胖的身躯里,竟藏着一个高远的理想。

他为兄弟们画了一个巨饼,许了一个大未来,虽然这大未来,阮氏兄弟不感兴趣,鲁智深、武松,甚至就连宋江的死忠小弟李逵也不感兴趣,但宋江大哥感兴趣,卢俊义二哥和当初介绍三阮走上黑道的吴用先生,当然还有关胜、呼延灼、秦明、花荣、徐宁、索超等一班地位原本远在三阮之上的朝廷军官感兴趣。

这就够了。从宋江坐上第一把交椅那一刻起,聚义厅变作忠义堂,招安便成为梁山泊此后必须贯彻的宗旨。

阮小七当然明白,反对招安就是反对主旋律,反对主旋律就是反对宋江大哥,反对宋江大哥就必然沦为不齿于梁山的异类。除了不情不愿地跟着大哥接受招安,和鲁智深、武松等人一样,阮氏三雄别无选择。

这事情委实滑了天下之大稽:当初别无选择,只能选择造反;后来别无选择,只能选择当官。

受了招安的下一步,就是去打不肯接受招安的。如同鲁迅先生在《流氓的变迁》中说的那样："因为不反对天子，所以大军一到，便受招安，替国家打别的强盗——不'替天行道'的强盗去了。"鲁迅下结论说："终于是奴才。"

宋江一干人却是渴望当奴才并积极争取当奴才的。最初，朝廷不接受他们当奴才，他们才会一个劲儿地闹出两赢童贯、三败高俅那样的大动静，也就是吴用所说的"杀得他人亡马倒，梦里也怕，那时方受招安，才有些气度"。不过，宋江渴望招安的热切却远在吴用以及朝廷军官关胜、秦明和呼延灼之上——朝廷第一次派陈太尉带着御酒和圣旨上山招安时，宋江的表现是"大喜"，兴冲冲地赏了报信人后，对一班头领说："我们受了招安，得为国家臣子，不枉吃了许多时磨难，今日方成正果。"

然而，不仅吴用、林冲比宋江更能认清现实，就连和宋江一样渴望招安的降将关胜、徐宁亦如此。吴用认为："这番必然招安不成；纵使招安，也看得俺们如草芥。"林冲说："朝廷中贵官来时，有多少装幺。中间未必是好事。"关胜则说："诏书上必然写着些唬吓的言语，来惊我们。"

于是，当宋江令"宋清、曹正准备筵席，委柴进都管提调，务要十分齐整……堂上堂下，搭彩悬花"时，吴用却悄悄传下一道密令："怹们尽依我行，不如此，行不得。"施耐庵没写吴用这道密令是向谁传下的，但从后文叙述看，应当是向阮小七等人。

梁山泊烟水茫茫，要进忠义堂，必得坐船。水军头领以李俊、张横、张顺为首，之下才是阮氏兄弟。吴用的密令不传给

宋公明全伙受招安

绝望江湖——《水浒传》的另一面

026

李俊和二张，乃是因为李俊和二张都是宋江心腹，必然将密令告知宋江。至于阮小七，他不仅与吴用关系密切，且系晁盖原班人马。更为重要的是，阮小七及他的两个哥哥，都是坚决反对招安的。

于是，阮小七故意弄漏船只，趁陈太尉换船之机，将皇帝赐的御酒全都喝了，再换上寻常村醪。接下来，忠义堂前，那道高高在上的圣旨已令许多头领不满，及至发现御酒竟然"却是一般的淡薄村醪"时，"尽都骇然，一个个都走下堂去了。鲁智深提着铁禅杖，高声叫骂：'入娘撮鸟，忒杀是欺负人！把水酒做御酒来哄俺们吃！'赤发鬼刘唐也挺着朴刀杀了上来，行者武松掣出双戒刀，没遮拦穆弘、九纹龙史进一齐发作。六个水军头领都骂下关去了"。

第一次招安就这样流产了，宋公明哥哥一定很郁闷，阮小七却一定很快活。那时候，在天性纯朴的阮小七看来，只要略施小计，就能断绝了招安之路，就能众多兄弟永远厮守在梁山泊，继续大碗喝酒，大块吃肉。

阮小七却不知道，招安是梁山核心层的既定方针，是宋江大哥的人生目标。至于设计让第一次招安流产的吴用，并非不想招安，而是想在招安时有更大的筹码。

招安之后，便中了朝廷一石二鸟之计，去打那些"不'替天行道'的强盗"。

这一回，不复从前打官军那样得心应手。在与方腊的征战中，108条好汉，阵亡超过一半，达59人，还有11人于途中病死。其中，包括阮小七的两个亲爱的哥哥。

阮小二在乌龙岭被俘，为免受辱，自刎而死——在梁山时，从来都是他们俘虏敌人啊。阮小五在清溪县，被娄丞相杀死。那已是征方腊即将结束的倒数第二场大战。胜利在望，小五哥哥却惨死箭下。

兄弟们的鲜血成就了宋江的理想，兄弟们的尸骨铺就了宋江人生的康庄大道，他终于完成了从刀笔小吏、文面犯人、强盗头子到朝廷命官的跃迁。但是，他毕竟还是嫩了些，与朝廷里的窃国大盗相比，他虽然也算厚黑有道，终究还是比不过人家。最终，宋江被蔡京、高俅等四个奸臣，在皇帝御赐的酒里下了慢药毒死。

至于前渔民阮小七，他也因征讨方腊而被朝廷封赏，任命为盖天军都统制。

宋朝的地方行政区划，分三级，即路、州、县。其中，与州并列而称呼不同的，还有府、军、监，四者级别相同。比如那个告发宋江吟反诗的黄文炳，家住无为军。

盖天军，在今天的湖北襄阳。都统制其实不是一个常设官，而是一桩差使，事完即罢。作为小说家言，大概把它当作州、军一级的军队指挥官。

一个渔民被朝廷任命为州级军事长官，当然很励志。至于阮小七对这顶不大不小的官帽持什么态度，书中未表，我们来分析一下。

阮小七加入"7+1"组合前，掏心掏肺地对吴用说了一句话："这腔热血，只要卖与识货的。"从阮氏三兄弟落草后的表现来说，他们作战勇猛，身先士卒，在梁山诸将中，属于战绩卓著者。

如果在劫取生辰纲之前，朝廷起用阮氏兄弟，给他们一条出路，成为阮小七所说的"识货的"，那么这三兄弟的一腔热血，肯定将为朝廷而流。那时候，哪怕任命阮小七为比都统制低得多的职务，比如像武松干过的都头，他也一定会感激朝廷的知遇之恩而不惜肝脑涂地。

但是，在一个奸臣当道，靠踢得一脚好毬竟能做到殿帅府太尉的荒唐年代，真正的英雄注定只能老死底层。古人早就发过牢骚："世胄蹑高位，英俊沉下僚。地势使之然，由来非一朝。"更何况，阮小七连下僚都算不上，只是一个数代赤贫的光脚板渔民，除了一腔豪气，满身功夫，他一无所有。

如同刀锋也要怜惜自己即将生锈的光芒一样，当打鱼的阮氏兄弟连赌个钱也要把母亲头上的钗子拿去下注时，当请吴先生喝个小酒也是吴先生自买酒肉时，造反简直就是最好的也是最后的选择。

所以，在两个亲哥哥战死后，阮小七被任命为鸡肋般的盖天军统制，这时的他已经见惯了朝廷的阴谋、大哥的心机、世道的无常，以及众多朝廷命官的颟顸与骄横。现在，要他与他们同朝称臣，见了面还要打躬作揖，这岂不是说，他在浴血奋战、拼掉了两个哥哥后，终于走向了自己的反面？

这官，当得别扭，不如归去。

天真烂漫的阮小七不乏童心，打下方腊的帮源洞皇宫后，他看到方腊的冠冕，出于好奇，穿到身上与众人戏耍。童贯的两个手下王禀和赵谭却很讲原则，他们看到后，勃然大怒，当众骂他:"你这厮莫非要学方腊,做这等样子。"

在根正苗红的真正朝廷命官眼中,梁山弟兄虽已经受了招安,可依然是贼,依然是必须时刻严加提防的强盗。

顺理成章地,阮小七做了盖天军都统制后,"王禀、赵谭怀挟帮源洞辱骂旧恨,累累于童枢密前诉说阮小七的过失,'虽是一时戏耍,终久怀心造意'。待要杀他,'亦且盖天军地僻人蛮,必致造反'"。

于是,"童贯把此事告知蔡京,奏过天子,请降了圣旨,行移公文到彼处,追夺阮小七本身的官诰,复为庶民";于是,离开故乡多年的阮小七重又回到了早年打鱼的石碣村,"依旧打鱼为生,奉养老母,以终天年"。

阮小七的遭遇也提醒了另一位好汉,那就是小旋风柴进。当初攻打方腊,柴进曾化名柯引投到方腊帐下,并做了方腊的女婿。虽然都知道他是经过主将宋江同意后前往敌营潜伏的,可柴进听说阮小七"不合戴了方腊的平天冠,龙衣玉带"被罚为庶民后,他不无隐忧:"我亦曾在方腊处做驸马,倘或日后奸臣们知得,于天子前谗佞,见责起来,追了诰命,岂不受辱?"柴进便向朝廷报告说身患风疾,不堪为官,辞职而去,"再回沧州横海郡为民,自在过活"。

对阮小七来说,人生如梦如电,绕了一大圈,又回到起点。他出场时是渔民,终场时还是渔民。只不过,残酷的是,人不可能第二次踏进同一条河流,阮小七也不可能第二次踏进同一片石碣湖。

满怀身心创伤的阮小七独自归来时,两个哥哥已是异乡的鬼魂；母亲比从前更加衰老；吴学究不会再来吃酒，再来筹划那些惊天动地的大事业；就连昔年一起赌钱打架的聂老大也老得像一棵被雷劈过的老松树，曾做过几场露水夫妻的花二娘竟已是子孙成行的慈祥老祖母……

归去来兮，可故乡归得去吗？

除了往事和回忆，谁又能抓得住旧时光呢？尽管心怀猛虎，但亲爱的小七哥哥也只能默默忍受曲终人散后的孤独和凄凉。

当年迈的阮小七坐在破败的水榭里，望着远处的落日渐渐沉入昏黄的湖面时，风吹鸟啼，花落如雨，他昏昏沉沉地打起了瞌睡。梦中，他又一次看见吴用笑吟吟地跳下小船走过来，那时候，他和他的两个哥哥都年轻得目中无人，他将豪气干云地对吴用说：

"若是有识我们的，水里水里去，火里火里去，若能够见用得一日，便死了开眉展眼。"

武松：行者的回忆

宋公明哥哥以大批兄弟的性命做了投名状，如愿成为赵家人，但武松，他选择了拒绝。他宁愿在六和寺里，做一个孤独的假行者。

1

杭州城外的六和寺，负郭面水。青山掩映下，钱塘江在寺门外不远处浩荡流过。每天，钱塘潮如期而来。月圆之夜，潮声倍加雄壮。如听战鼓，如闻号角——与我同室的兄长鲁智深，就是在八月十五那个潮水最澎湃的夜晚，随着潮声坐化圆寂的。而我，也是在那天晚上下定了决心：不随宋公明哥哥回京城接受朝廷封赏。我要留在六和寺，在这座香烟袅绕的古庙了此残生。

进剿方腊的战事，其残酷与血腥，可以说超过了梁山泊每一个弟兄的想象。以前，无论是对付官军还是征讨辽国，梁山兄弟总是攻无不胜，战无不克——并且，108位兄弟，平安且完整，尽管曾有人负伤，有人被俘，最终都能化险为夷。谁也想不到，进剿方腊，同去兄弟103位，回来只有36位。而我，虽然回来了，却在战场上失去了一条手臂。

方腊是鲁智深生擒的，他的功劳之大，在众兄弟之上。宋公明对他说："今吾师成此大功，回京奏闻朝廷，可以还俗为官，在京师图个荫子封妻，光耀祖宗，报答父母劬劳之恩。"鲁智深却表示不愿为官，"只图寻个净了去处，安身立命足矣"。宋公明又劝他，即便不还俗为官，那就到京城去当一个名刹大寺的住持，作一僧首，"也光显宗风，亦报答得父母"。鲁智深听了，却只是摇头——他摇着头说的一番话，让我悚然一惊。他说："都不要，要多也无用。只得个囫囵尸首，便是强了。"

从那时起，我也萌生了寻个净了去处安身立命的念头。及至眼看鲁智深在六和寺坐化，我主意已定。所以，当宋公明带领兄弟们回京师接受封赏时，我对他说："小弟今已残疾，不愿赴京朝觐，尽将身边金银赏赐，都纳此六和寺中陪堂公用，已作清闲道人，十分好了。哥哥造册，休写小弟进京。"

那个秋天的早晨，宋公明哥哥带着进剿方腊后幸存的兄弟们，踩着浓重的露水踏上了前往京师的路，六和寺又恢复了它从前的寂静。

原本，托身于六和寺的梁山兄弟，除我之外，尚有鲁智深和林冲。然鲁智深已圆寂，便只余下风瘫后卧床不起的林冲。

我没想到的是，一向身体不错的林教头，半年之后就突然去世了。于是，六和寺里，再也无人和我说起从前。那些打坐念经的和尚，对我这个完全不像出家人的出家人客气而又敬而远之。

我只有在回忆中，一遍又一遍梳理自己的人生。

2

幼年时，父母双亡，武松只得与哥哥相依为命。哥哥身高不满五尺，"生得狰狞，头脑可笑"，人称"三寸丁谷树皮"。作为对百事堪哀的原生家庭的补偿，武松倒是身材高大，面目英俊，更兼天生神力。

生活在社会最底层，武松从小就见惯了冷眼、呵斥与暴力。当他还是一个二十来岁的小青年时，他崇尚武力，以为世间的一切都可以依靠武力去解决。哥哥早出晚归，忙于生计，他却整天和一帮古惑仔混在一起，喝酒打架，不时惹出事端。用哥哥的话说，乃是"要便吃酒醉了，和人相打，如常吃官司"；哥哥也受牵连，"不曾有一个月净办，常教我受苦"。后来，武松终于在一次大醉之后，与一个公人相争，"只一拳打得那厮昏沉"。武松以为打死了公人，仓皇如丧家之犬，逃离了家乡清河县，前往沧州投奔广交天下英雄的柴大官人。

到了柴大官人庄上，一躲就是一年多。开初，柴进待他似还不薄，不久，却因武松"吃醉了酒，性气刚，庄客有些顾管不到处，他便要下拳打他们，因此满庄里庄客没一个道他好，众人只是嫌他，都去柴进面前告诉他许多不是处"。至于柴进，尽管没有明确下逐客令，但"相待得他慢了"。当柴进与宋江

行者武松

在大厅里山珍海味地推杯换盏时,害了疟疾的武松却"当不住那寒冷"——从后来宋江为武松做新衣这一细节看,武松连足够御寒的衣服也没有。柴进富贵无比,却不肯给武松一件寒衣。

当不住那寒冷,武松只得在廊下,把一锹火在那里烤。当他听到从大厅隐隐传来的柴大官人与客人快活吃酒的欢声笑语,闻着夜风送过来的酒香肉香时,寒冷而饥饿的武松心中会是什么滋味儿?

武松虽是个武夫,却心细如发。柴进对他的慢待,他心中有数,且不无怨言。他借题发挥,称赞只闻其名、未见其人的宋江是"真大丈夫,有头有尾,有始有终"——两相对比,柴进自然就是有头无尾、有始无终的假大丈夫了。

那个秋天的夜晚,那个病中的武松在廊下烤火,而柴进和宋江在大厅里痛饮的夜晚,是武松人生的重要转折点。

那个夜晚,武松认识了闻名已久的宋江。在认识宋江之前,他告诉柴进:"我如今只等病好了,便去投奔他。"没想到,这个他想去投奔的人,这个江湖传言中的真大丈夫,竟然从天而降,笑吟吟地站在自己面前。

3

如果说此前的武松只是一个嗜酒贪杯、好勇斗狠的懵懂少年的话,那么,与宋江结交后,虽然他们在一起只有短短十数日,但这十数日的朝夕相处,宋江对武松的人生产生了根本性影响。

及时雨宋江

宋、武二人关系的本质，武松是宋江的小迷弟，武松对宋江的义气与名声，佩服得五体投地；而宋江的确也如一个仁厚且智慧的兄长——与之前只在街头和混混们打打杀杀中的武松相比，吏道纯熟的宋江世事洞明，人情练达。并且，尤其重要的是，他似乎也一见面就喜欢上了这个阳光少年，并愿意把自己的人生经验向他倾囊相授。

在柴大官人庄上的日子，武松的疟疾好了，按书中的说法，"宋江每日带挈他一处饮酒相陪"，差不多也就是出则连舆、止则同席的意思了——"宋江就留武松在西轩下做一处安歇"。朝夕形影相随，小青年武松与江湖大佬宋江相处的十多天，对武松的人生而言极其重要。武松不仅从宋江那里得到了如父如兄的生活上的照顾——宋江"将出些银两来，与武松做衣裳"，这一细节，充分说明了宋江对武松无微不至的关心：武松在柴进庄子上待了一年有余，柴进对他十分冷淡，穷人家庭出身的武松囊中羞涩，更兼避祸异乡，身上的衣服旧了破了，挡不住风寒，以致晚上只能烤火。柴进对此视而不见。宋江才相识，就主动拿钱为武松做衣裳。斯时，柴进知道了，"那里肯要他坏钱，自取出一箱缎匹绸绢，门下自有针工，便教做三人称体衣裳"。柴进庄子上，不仅有现成的衣料，连裁缝也是现成的，但一年有余，却从未给衣衫破旧的武松做过一衫半袄。此时，因宋江的原因方才如此大方。两相对比，在武松心中，柴进的势利和宋江的关爱愈加清晰明了。

尤其重要的是，生活上的照顾之外，宋江还是武松的人生导师。在柴进庄上，宋江如何教导武松，书中并未涉及，但从两人不久后在孔家庄再见时的对话,却不难分析得出,就是在柴进庄上,宋江以过来人的身份劝告武松:"兄弟,你如此英雄,决定得做大官。"如何做得大官呢?那便是"日后但是去边上,一枪一刀,博得个封妻荫子,久后青史上留得一个好名",这样,"也不枉了为人一世"。对武松来讲,这样的教导既新鲜又高大上,武松的人生似乎自此也有了目标。

遇到宋江前,武松是一个浮躁的江湖小青年。那时候,他狂躁的性格,甚至使得素来喜欢接纳江湖好汉的柴进也"相待得他慢了"。与宋江相处十余天后,武松变了,他不再那么狂躁,更像一个礼貌的谦谦君子。

景阳冈打虎后,当地村民为他置酒作贺,他十分得体地谢道:"非小子之能,托赖众长上福荫。"当县令要把一千贯赏钱赐与武松时,面对这笔从天而降的巨款,素来贫寒的他没有动心,哪怕这钱本该属于他。他想到的却是那些因没能打到老虎而受责罚的猎户,并建议县令:"何不就把这一千贯给散与众人去用?"——正是这一举动,让县令看出他"忠厚仁德",方才"有心要抬举他",任命他做了阳谷县步兵都头。按《水浒传》的设定,步兵都头属于县令指挥的步兵首领,略相当于县治安大队队长。一夜之间,武松成了赵家人。

然而,彩云易散,好梦易醒,仅仅几个月后,他世间唯一的亲人就被下毒害死。

出差归来,获知哥哥被害真相后,武松的处理很冷静。这恰与此前他在柴进庄上,动不动就对庄客拳打脚踢的暴烈形成鲜明对比。他把为哥哥申冤的希望寄托在法律之上——到县衙告状。

但是，财大气粗的西门大官人在阳谷乃是跺一脚城楼都要震动的大人物，"县吏都是与西门庆有首尾的，官人自不必得说"，更兼"这官人贪图贿赂"，所以驳回了武松的指控。

假如县令准了武松的状子并主持公道，那么，武松将一直当他的都头，真的遇到有机会去了边疆，凭武松一身武功，一刀一枪，博个封妻荫子，也是水到渠成的事。

所以，阳谷县都头时代的武松，距柴进庄上宋公明哥哥给他指出的光明未来只有一步之遥。

这一步之遥，却永远无法跨越。并且，一步之遥，终成万里之隔。

让武松的理想从一步之遥变成万里之隔的，是那个不正常的社会。

4

大闹飞云浦，血溅鸳鸯楼后，武松一下子背负了十九条人命，成为官府重金通缉的要犯——赏金三千贯，与林冲风雪山神庙后的赏金相同。不得已，在张青夫妇帮助下（说句题外话，1996版的电视连续剧《水浒传》，把张青和孙二娘这对原著中相当次要的人物，刻画得相当丰满），剃发做了假行者，到二龙山投奔鲁智深和杨志落草。

有意思的是，做了假行者后，前往二龙山途中，武松在孔家庄巧遇宋江。这是他们的第二次见面。得知武松犯下弥天大罪后，宋江问武松有何打算，武松回答说，他揣了张青写的书信,前往二龙山投鲁智深。宋江的回答是:也好。——也好二字,看得出宋江的无奈和失望,而武松也读懂了宋江的无奈和失望,于是说道:"天可怜见,异日不死,受了招安,那时却来寻访哥哥未迟。"这番话的用意,一者,可能是武松在宽慰宋江。二者,也可能是武松内心的真实想法。他还对赵家抱有希望,还对一刀一枪博个封妻荫子的人生存有幻想。

宋江的回答是:"兄弟既有此心归顺朝廷,皇天必佑。"及后,二人握别前的酒桌上,宋江再次叮嘱武松,"入伙之后,少戒酒性。如得朝廷招安,你便可撺掇鲁智深、杨志投降了"。并预言:"你如此英雄,决定做得大官,可以记心,听愚兄之言,图个日后相见。"行至三岔路口,宋江又一次吩咐武松:"兄弟,休忘愚兄之言。"

可以说,武松是梁山诸多好汉中,唯一一个还不曾正式造反就开始渴望招安的特例。但是,真的等到数年后梁山聚义,好汉座次排定,宋江大宴兄弟,席间即兴填词,当乐和唱到"望天王降诏早招安"时,第一个公开表示不满的便是之前渴望招安的武松:"今日也要招安,明日也要招安去,冷了弟兄们的心!"另一个公开反对招安的则是李逵,他当众把桌子踢翻,大叫道:"招安,招安,招甚鸟安!"

宋江对二人的处理截然不同。对李逵,他要左右把他推出去斩首;对武松,是温言相劝:"兄弟,你也是个晓事的人,我主张招安,要改邪归正,为国家臣子,如何便冷了众人的心?"

那么,问题来了,孔家庄的武松和梁山泊的武松,即渴望招安的武松和反对招安的武松,哪一个才是真武松?

我的回答是：都是真武松，不同时期的真武松。

武松的思想，经历了三次明显转折：一次是在柴进庄上，与宋江的十来天相处，接受了"做大官"的人生目标设定；二是在沧州背负十九条人命后，他看清了社会的黑暗，只能落草为寇，但还对"受招安"抱有幻想；三是上二龙山后，他的幻想全部破灭。因此，当武松上了梁山，再次与宋公明哥哥朝夕相处时，他已经具备了成熟的心智，昔年的莽撞少年成了心硬似铁的江湖好汉，宋公明哥哥当年的教诲，已然烟消，已然云散。

他造反造得心安理得，也造得理所当然——社会如此黑暗，揭竿而起就是一种义举。

5

尽管坚决反对招安，但接受招安是宋公明大哥为首的梁山泊决策层的既定方针，那么，无论反对招安多么强烈，武松也只能像鲁智深、三阮、李逵和刘唐等同样坚决反对招安的好汉那样，认命并接受现实。他们在宣读圣旨的萧让和主持招安仪式的宿太尉面前，不得不双膝跪下。从此，江湖好汉摇身一变，成为朝廷的人。

以后，武松跟随宋江东征西讨，打辽国，打田虎，打王庆，打方腊——打方腊时，一向攻无不克、战无不胜的梁山好汉遇到了硬茬子，大批兄弟死于非命，血染黄沙。战神般的武松也失去了一条手臂："包道乙便向鞘中掣出那口玄天混元剑来，从空飞下,正砍中武松左臂,血晕倒了……武松醒来,看见左臂已折,伶仃将断,一发自把戒刀割断了。"

梁山大寨里,一起大碗喝酒,大块吃肉的兄弟,不断有人倒下,而自己也在转眼间成了废人,武松心中的悲凉可想而知。他对宋江一意孤行的招安,对他早年所说的"一刀一枪,博个封妻荫子",也愈加怀疑,愈加觉察其宛如镜花水月。至于他和宋公明哥哥在柴大官人庄上的联床夜话,也恍如前生。

后来,尽管征方腊以惨胜终局,尽管武松幸运地捡得一条性命活下来;尽管按宋江、吴用等招安派的想法,如此浴血奋战,已经把身上的污点洗尽了,以后便可以安逸地做朝廷的臣子了,但武松的心早已冷了,血早已凉了。

宋公明哥哥以大批兄弟的性命做了投名状,如愿成为赵家人,但武松,他选择了拒绝。他宁愿在六和寺里,做一个孤独的假行者。他宁愿听着日日准时响起的钱塘江大潮,在古墓般的寂寞里,用回忆,送走残生。

雷横：一个基层执法者的厚黑学

朱仝对雷横恩重如山，雷横心下自然明白。可他对朱仝的回报，却令人大感寒心。

带着二十名手执刀枪的士兵，打着明晃晃的火把，在本县各处乡村来回转悠夜巡，这是插翅虎雷横的主要工作之一。

施耐庵给上梁山落草前的雷横安排的职务是济州郓城县都头。如果遇上有考据癖的胡适之先生的话，一番考证后，他会告诉你，历史上虽然有都头这个官职，但很遗憾，宋朝的州也好，县也罢，都不设都头。都头原是指挥使手下的低级军官。不过，《水浒传》是小说，姑且按小说的逻辑解释。那么，雷横这个县上的步兵都头，主管全县的治安纠察、巡缉捕盗，虽然级别不高，但在一个县上，绝对是有话语权的重要角色。

显然，雷横很喜欢，也很享受他的工作。

首先，工作给他带来了权力的快感。这一晚，雷横带着士兵们巡查到东溪村的灵官殿前，见庙门未关，进去一看，一条

插翅虎雷横

挥翅争雷横

好勇斗狠以危父母 赖茚良友

大汉赤条条地睡在供桌上。那时天气炎热，脱光了睡觉，原也无甚奇怪。且宋朝不比今天，到处都有酒店客栈。赶路的人错过了市镇，借宿庙宇，是司空见惯的小事。赤发鬼刘唐虽然的确是为了劫生辰纲来找晁盖，可对雷横来说，他只是一个过路人。然而，雷横却令士兵把他抓了起来，"二十个士兵一齐向前，把那汉子一条索子绑了"。

绑了醉卧小庙的刘唐，并非雷横警惕性高，而是为了邀功。书中交代，这次夜巡来自新上任的县令时文彬的安排。那么，抓到这么一个贼人，就可以在新领导跟前邀功，表明自己的能干与敬业。

灵官殿在东溪村地盘上，接下来，雷横一定要做的就是去找东溪村的大户——保正晁盖。

找晁盖干什么？目的有两个，一是"讨些点心吃"；二是向晁盖通报一声。通报的目的，更加复杂，下面细说。

晁盖此人，祖上就是郓城县富户，"平生仗义疏财，专爱结交天下好汉，但有人来投奔他的，不论好歹，便留在庄上住"。总而言之，是一个社会关系极其复杂的江湖大佬。江湖大佬之外，晁盖还担任东溪村保正。保正即保长。王安石变法时推行保甲法，地方上，十家为一保，五十家为一大保，十大保为一都保。保丁自备兵器，演练武艺，维持地方治安。保内有人犯法，保丁必须检举，否则同罪。晁盖的保长，是十家的保长还是五十家的大保长，抑或五百家的都保长呢？从情节推断，应是管理五百家的都保长。就是说，晁盖于黑白两道都占有一席之地——这也是许多梁山好汉的共同特色。

县步兵都头的地位，当然要比保长高。是以尽管雷横一大群人赶到东溪村时，尚是鸡都还在沉睡的凌晨，晁盖听到庄客通报雷都头来了，"慌忙叫开门"。尔后，令"庄客铺下果品案酒，菜蔬盘馔"，"又叫置酒与士兵众人吃，庄客请众人，都引去廊下客位里管待，大盘酒肉，只管教众人吃"。

天不明地不亮，把你从床上叫起来，然后，二十几条汉子要吃要喝。须知，物资不丰、商品经济不发达的宋朝，比不得今天，但晁盖庄上，一会儿便拿出了足够二十几个人吃喝的酒肉，一则可见晁盖家庭富有，二则可见晁盖对雷横不敢稍加怠慢。

明明是雷横到人家晁盖庄上蹭吃蹭喝——若二人是江湖兄弟，比如李逵之于宋江，或是宋江之于柴进，此事自然不值一提。但二人的交情，显然算不上江湖兄弟。可是，雷横不仅没有吃人嘴软，反而要让晁盖感激自己——他告诉晁盖，我在你晁保正的地盘上，捉到了一名强盗，"本待解去县里见官，一者忒早些，二者也要教保正知道，恐日后父母官问时，保正也好答应"。忒早是实情，要让晁盖知晓此事，以免今后县令问起，晁盖一问三不知，似乎也是实情。是以雷横发自内心地认为，自己带人去打秋风，纯粹是为晁盖好。

这叫什么？这叫市恩。后来晁盖劫生辰纲事发，济州公人来捉拿，雷横是行动负责人之一，他也想放晁盖一马。不过，前提也是要让晁盖知道，这是他雷横讲义气，在冒着风险为他做事。这，同样是市恩。当然，由于他的同事，另一个都头朱仝也想放晁盖一马，也想市恩，故而雷横被朱仝赚去打前门，雷横的恩才遗憾地没有市成。

假如雷横不卖这个人情给晁盖，不转弯抹角地去东溪村市恩，而是径直将刘唐押回县里，一阵棍棒，很可能，刘唐吃不消，便把打算勾结晁盖共同劫持生辰纲的计划招了。那么，自然就没有后来黄泥岗上那伙以贩枣为幌子的强人，更没梁山泊里掀起滔天巨浪的好汉了。

雷横要卖人情给晁盖，才有了刘唐认舅的后话。

在雷横看来，刘唐赤条条地半夜睡在小庙供桌前，显系贼盗，活该被士兵们绑了，他们吃酒时，也活该吊在晁盖庄上的门房里受罪。及至刘唐与晁盖串通，假认晁盖是舅舅，晁盖则称刘唐是他姐姐不成器的儿子王小三，并装作生气的样子要打刘唐时，雷横劝解说"你令甥本不曾做贼"，"若早知是保正的令甥，定不拿他"，忙令士兵"快解了绑缚的索子，放还保正"；还一再向晁盖道歉，"保正休怪，早知是令甥，不致如此，甚是得罪"。之前咬定刘唐是贼盗，如今却坚称刘唐不曾做贼，前后也就一顿饭工夫。这不是雷横善变，而是从灵官庙里抓来的这个路人，一旦与晁盖这样的地头蛇有关系，那即便真的是贼，也不能说是贼，更不能去抓他。反之，即便真的不是贼，那也必须是贼，以便成全雷都头夜巡的功劳。

这一点，按厚黑教主李宗吾的厚黑理论，乃是雷横的黑，心子黑。

雷横夜巡，不可能一朝一夕；郓城治下，也不仅仅只有东溪村；夜晚在庙里睡觉，或是看起来让雷横觉得可疑似贼的人，也并非只有刘唐。那么，可以想象的是，一定会有更多的没有晁盖这种靠山而被雷横抓起来送回县城的倒霉蛋。

刘唐与晁盖相认，充满疑点，雷横根本没去分析，也没去查证。——只要找几个年长的庄客或是晁盖的邻居一问便知。雷横听晁盖说这是他的外甥，立即无条件放人。此事，最重要的已不是刘唐是不是贼盗，而是必须赶紧卖晁盖一个面子。

果然，面子刚卖出去，就收到了立竿见影的好处——晁盖心里有鬼，马上取出十两花银，送与雷横道："都头休嫌轻微，望赐笑留。"十两银子不算一笔小钱，吴用到石碣村拜访三阮时，只花了一两银子就买了一瓮酒、二十斤牛肉和一对大鸡。对这笔钱，雷横轻轻地推了一句"不当如此"。晁盖再劝，"若是不肯收受时，便是怪小人"，雷横立即笑纳，并说："既是保正厚意，权当收受。改日却得报答。"注意，雷横最后那六个字，意思很明确，我现在收你的银子，以后都会关照你、报答你的，不会让你的银子打水漂的。

雷横系铁匠出身，后来开碓坊，杀牛放赌，再后来，不知怎么突然进了衙门，做了步兵都头。书中说他，"虽然仗义，只有些心偏窄"。从他的经历来说，他也是一个社会人，当然，其江湖声望与影响，比有托塔天王之称的晁盖差得远。

雷横江湖地位不如晁盖，却敢到晁盖庄上打秋风，笑纳晁盖的银子，在于他在社会人之外，还有步兵都头这个职务。这个职务虽然只能算是末流小吏，却不无权力。其作为，可谓螺蛳壳里做道场，把手中小小的权力发挥到极致——捉放刘唐如是，以后在晁盖犯下弥天大罪时，他负责打前门，"故意这等大惊小怪，声东击西，要催逼晁盖走了"——这，大约就是雷横和晁盖都没想到的"改日却得报答"。

雷横与晁盖有还不错的交情，也知道晁盖是江湖大佬，可他仍然伸手拿晁盖的银子。这就是他的厚，脸皮厚。

作为县衙吏胥，雷横是小有权力的步兵都头，精通黑白两道的规则与潜规则。所以，他一度混得如鱼得水。出门有士兵指挥，看人不顺眼便把他抓起来送回县里拷打，顺路可到晁盖这样的地头蛇的庄上大吃大喝，顺带还能捞些银子——从晁盖手里捞了十两，后来又从宋太公手里捞了二十两。

正因为黑白两道都游刃有余，雷横由此得到了丰厚回报。比如他受县令派遣到东平府公干，返程时，路经梁山泊，曾受过他庇护的晁盖、宋江亲自下山迎接。见面时，宋江甚至以梁山泊二号人物之尊，"慌忙下拜"，宣称雷横来山寨，乃是"天与之幸"；"请到大寨，教众头领都相见了，置酒管待，一连住了五日"。按宋江等人的想法，要报答这位私放自己的恩公，最好的办法当然是把他留下来入伙，一起大秤分金银，大碗吃酒肉。

不过，其时的雷横虽然只是一个不入流的步兵都头，可他正借助官府的力量混得风生水起，自然不愿上山落草。他告辞回家时，"宋江等再三苦留不住"，"众头领各以金帛相赠，宋江、晁盖自不必说"。此时的梁山，已有数十位头领，既然雷都头是两位老大的恩人，自然也就是全体弟兄的恩人。于是，各以金帛相赠。同样是梁山的馈赠，此前，宋江只拿了一锭金子意思意思。雷横呢，照单笑纳，"得了一大包金银下山"。——雷横潜意识里，他有资格收下这些金银。因为，他曾以自己的权力,给了这些杀人越货的江湖好汉特殊关照。这些关照,虽然打着义气的幌子,实则都在暗中标下了价格。

不过,雷横万万没预料到的是,仅仅因为一桩小事,不仅他的都头做到了头,甚至,他竟一夜之间沦为脸上刺字的囚徒,唯有上梁山落草。

说起来,还是和他的厚黑有关。

雷横从梁山拿了一大包金银回到郓城,有好事者告诉他,他离开的这段时间里,东京来了一个女艺人,名叫白秀英,"如今见在勾栏里,说唱诸般品调"。京城的三四流女星,到了小地方,立即成了满城追捧的大腕,是以"或有戏舞,或有吹弹,或有歌唱,赚得那人山人海价看"。

雷横也前去看表演。到了演出的勾栏,他"便去青龙头上第一位坐了"。左青龙,右白虎,青龙头上,便是左边的上位——雷横这随意一坐,可见他在郓城的骄横,到哪里都要坐C位。

白秀英父女,尤其是白秀英本人的表演果然精彩。可等到白秀英端着盘子挨个向客人讨赏钱时,出事了。

雷横坐在最显眼、最重要的C位,那位置,自然也应是打赏最多的。白秀英满怀期待,"先到雷横面前",雷横"便去身边袋里摸时,不想并无一文"——雷横一个大男人,身上居然没带一文钱,这是一个意味深长的暗示:在小小的郓城县,雷横根本不用带钱。吃也好,喝也罢,都有别人替他买单,或者干脆就是店家自认倒霉免单。只有长期不用自己掏钱,才可能养成出门一文不带的习惯。

坐了C位却不掏一分钱,换谁,都不高兴。白秀英也如此。

当雷横表示自己并非舍不得，只是一时没带，"我赏你三五两银子也不打紧，却恨今日忘记带来"时，对雷横的说法，白秀英父女有理由认为乃是画饼充饥。于是，白秀英老爹的话就有些难听。雷横从来都是被人用话敬重，"那里忍耐得住，从坐椅上直跳下戏台来，揪住白玉乔，一拳一脚，便打得唇绽齿落"。

当众暴打一个老人，实属不堪，但从雷横如此娴熟的动作看，想必并非头一回。他没想到的是，他将为一时冲动付出血淋淋的代价。

因为，他打的白玉乔虽然只是一个从东京流落郓城的民间艺人，可他不知道的是，新来的县令也在东京待过，而白秀英与县令在东京时便有交情。如今，白家父女之所以到郓城县而不是到清河县或阳谷县，就是因为有县令这座靠山可以依靠。

都头属于县尉的下属，县尉又属于县令的副手。

白秀英跑到县衙向县令哭诉："雷横殴打父亲，搅散勾栏，意在欺骗奴家。"知县大怒，道："快写状来！"白玉乔写了状子递上去，知县立即差人把雷横抓来，不仅当厅责打，还下令押到勾栏门口戴枷示众，要让雷横脸上不好看。古语有云：灭门的县令，破家的知府。一个小小的都头，不论在黑白两道多么油滑，多么如鱼得水，在县令眼中，也不过如一只小蚂蚁那样卑微。

雷横戴着枷，被押在勾栏前示众，他妈去送饭，心疼儿子，便动手去解索子。白秀英见了，前来阻止，两人一番口角，白秀英被雷横的妈骂着了痛处：你这千人骑、万人压、乱人入的贱母狗。

被雷横的妈这样痛骂，白秀英登时大怒，"抢向前只一掌，把那婆婆打个踉跄。那婆婆却待挣扎，白秀英再赶入去，老大耳光子只顾打"。一旁的雷横被逼到了死角，他"扯起枷来，望着白秀英脑盖上打将下来。那一枷梢打个正着，劈开了脑盖，扑地倒了。众人看时，那白秀英打得脑浆迸流，眼珠突出，动掸不得，情知死了"。

白秀英千里来投，却在自己的地盘上被下属的下属如此残忍地打死，县令的愤怒可想而知。虽有美髯公朱仝出面"央人去知县处打关节，上下替他使用人情"，而知县"虽然爱朱仝，只是恨这雷横打死了他表子白秀英，也容不得他说了"。按知县的意思，要将雷横作为故意杀人犯，送到济州府偿命。

关键时刻，拯救雷横性命的是朱仝——他的方法简单粗暴却最有效：直接把雷横放了。按他对雷横的说法，你解到州里，"必是要你偿命。我放了你，我须不该死罪"。虽然不是死罪，活罪却难免——此后，马兵都头朱仝沦为囚徒，打了二十脊杖，脸上刺了字，发配到沧州牢城。如果说雷横释放刘唐和故意大惊小怪以便让晁盖逃脱，乃是在不影响自己利益的前提下讲义气的话，那么朱仝却是在大大损害自身利益的前提下讲义气。两人的义气孰轻孰重，显而易见。

朱仝对雷横恩重如山，雷横心下自然明白。可他对朱仝的回报，却令人大感寒心。

朱仝刺配到沧州后，知府见朱仝"一表非俗，貌如重枣，美髯过腹，知府先有八分欢喜"，遂将朱仝留在府里听候使唤，并未押到牢城服刑。朱仝饶有家产，得以上下打点，更兼他为人和气,"因此上下都欢喜他"。更难得的是,知府四岁的独子,一个"端严美貌"的小男孩,也很喜欢朱仝。知府便要他"早晚孩儿要你耍时,你可自行去抱他耍去"。

七月十五放河灯这晚,朱仝带着小衙内去看河灯。上了梁山的雷横与吴用、李逵来找朱仝了。他们的目的,是要逼朱仝落草。

朱仝认为,他一年半载后就可以回乡,做他的良民,完全犯不着上梁山。所以,尽管雷横不断劝他,他一再拒绝,甚至有些恼火地斥责雷横:"兄弟,你是甚么言语。你不想我为你母老家寒上放了你去,今日倒来陷我为不义。"

按宋江和吴用的计划,雷横如能说动朱仝上梁山,那是最好;如果不能说动,那就断了他的后路,把他逼上梁山——就在雷横劝说朱仝时,李逵已把小衙内抱走了。等到朱仝再见到这个可爱的孩子时,"只见头劈做两半个,已死在那里"。——事实上,不论雷横能否劝说得动朱仝上梁山,小衙内都是个死。因为,李逵并不知道雷横的劝说效果如何,他已经在林子里将小衙内一斧劈死了。

雷横也明白这种做法实在太肮脏,何况朱仝还是自己的救命恩人。当愤怒的朱仝穷追李逵,要杀了他替小衙内复仇时,不知不觉追到了柴进庄上。雷横走出来,望着朱仝便拜,说道:"兄长,望乞恕罪!皆是宋公明哥哥将令分付如此。"——他知道自己对不起救命恩人,为了撇清关系,一开口便把宋江卖了。

上了梁山后,雷横的厚黑学似乎发挥失常。在水泊梁山,在那个口口声声替天行道,最讲义气的地方,同样需要厚黑学。

美髯公朱仝

但失去了官僚体系加持的权力，都头雷横变成头领雷横时，雷横立即捉襟见肘。他虽然位列三十六天罡之列，但与前同事朱仝比，尽管两人都对晁盖、宋江有过恩惠，朱仝排名十二，雷横却排名二十五。

是宋江忘记了他受到过的关照吗？应该不是，否则，就不好解释为什么朱仝排名那么靠前。那就只有另一种解释：雷横的厚黑学只能算学有小成，在宋江这个厚黑学大佬面前，被人家一眼就看穿了。

比如，雷横曾直白地告诉朱仝，杀死小衙内逼他上梁山"都皆是宋公明哥哥将令分付"。对此，宋江不可能不耿耿于怀——当李逵从柴进庄上回到梁山，朱仝一见，立即要找他拼命时，宋江劝说朱仝，特意两次解释："前者杀了小衙内，不干李逵之事，却是军师吴学究因请兄长不肯上山，一时定的计策。""你杀了小衙内，虽是军师严令……"由此可见，宋江对雷横把杀死小衙内的主谋安到自己头上十分不满，毕竟他也知道，这是一件没有人性的丑事。一有机会，他就非常不讲义气地把责任推给吴用。

换言之，当雷横还是都头时，宋江尚肯和他虚与委蛇；现在，他既然已落草成了自己的部属，那就犯不着和他客气了。因为，离开了官府赋予的那些权力，雷横的利用价值大打折扣，再也无法卖出一个好价钱了。

李俊：绿林好汉最好的出路竟是出国？

出身不显赫，排名不靠前，李俊的结局却是梁山众好汉中最好的。而最好的结局，竟缘于一次失手。

1

两千多年前的一天，一群愁苦的人在河边砍檀木。檀木又高又沉，砍倒后还要运到河边，顺水往下游漂到目的地。这种重体力活，自然非常辛苦。愁苦的人们牢骚满腹，其中一个胆子大的，就作了一首歌，像喊号子一样带着大家唱：

砍伐檀树声坎坎，根根搬到大河边，河水清清波浪翻。

不播种来不收割，为啥担担粮食往家搬？

从来不去把猎打，为啥院里野味一串串？

呵呵呵，人家那些老爷君子哦，才不会躺着白吃饭！

春秋诸侯中，魏国（不是战国七雄那个）是地处今山西芮城的一个蕞尔小国，地不大，官不少，平民和奴隶的负担重如泰山。《诗经·魏风》七首中，就有四首表达了对社会的不满。砍檀木那首外，还有一首也很知名，题曰《硕鼠》。诗中，受苦的人们恶毒地把周天子隆重分封的魏侯及其他贵族比作为大老鼠。并赌咒："誓将去汝，适彼乐土。"

意思是说，老子不和你们这帮大老爷玩了，老子要去找一片王道乐土。

2

打小学三年级时查着字典读《水浒传》起，三四十年间，至少也读过十几遍。个中内容，不敢说了如指掌，但至少脉络清晰。就故事来说，最令我气闷的是最末十数回。

打王庆、田虎和辽国还行，一旦碰上方腊这种硬茬子，就连神挡杀神、佛挡杀佛的梁山兄弟，竟然也被褪去神光。金圣叹大约是见不得英雄末路，干脆搞了个删节本，忠义堂前排了座次便曲终人不见了。

好倒是好，可总有点草草收场的味道。且叫人无法得知，这些梁山好汉到底以什么结局收场。是故，虽气闷，也还是硬着头皮读百回本或百二十回本，直到宋江的招安理想，化作毒酒荡漾的南柯一梦。

好汉们正式成为官员前，大多数人已经有了结局：阵亡59人，于路病故10人，坐化1人，出家2人，旧在京未征方腊5人，路上辞去4人。

按宋江大哥的大未来计划，受了招安的梁山好汉既已为朝廷立下汗马功劳,且又对朝廷忠心耿耿,那么从今往后,他和他残存的二十六个兄弟终于可以像宿太尉说过的那样:我们今后都是朝廷的人了。

对于这一点,山寨正副头领想的完全一样。当燕青劝卢俊义功成身退,"寻个僻静处,以终天年"时,卢俊义的回答是:"我不曾存半点异心,朝廷如何负我?"

是的,宋江、卢俊义一干有招安梦的强盗,的确没有异心。可他们偏偏忘了一点:他们仍有原罪。

这原罪,就是此前落草梁山。

这似乎是个怪圈:没有造反就无法招安做官。招安做了官,朝廷始终会追究你造过反。

果然,等待宋江和卢俊义的,是来自朝廷的以皇帝名义赐予的毒酒。

3

《水浒传》后数十回,常能体察到作者的无力。如梁山好汉敌不过方腊,施耐庵无法可想,只得一劳永逸地安排神仙下凡或是鬼怪显灵。

还有一种更深的无力感,那就是作者笔下的人物,当他们面对现实与命运的碰撞时,极力挣扎却又无可奈何。

比如陈桥驿斩小校,明明是朝廷官员克扣圣上所赐酒肉,"却将御赐的官酒每瓶克减只有半瓶,肉一斤克减六两",且又盛气凌人地挑起事端,骂道:"你这大胆剜不尽、杀不绝的贼!

梁山泊反性尚不改！"但宋江为了不授人以柄,只能处死杀了官员的小校:"宋江道:'他是朝廷命官,我兀自惧他,你如何便把他来杀了！须是要连累我等众人。俺如今方如奉诏去破大辽,未曾见尺寸之功,倒做了这等的勾当,如之奈何？'……宋江令那军校痛饮一醉,教他树下缢死,却斩头来号令。"

这件事,也让人看清了大哥的真实面目:尽管大哥处处以义气自诩,宣称"我从上梁山泊以来,大小兄弟不曾坏了一个",但在乞求朝廷的谅解和保全兄弟的性命之间,他毫不犹豫地选择了前者。

至于阮小七戏要穿戴方腊的皇袍皇冠,遭到童贯手下辱骂而拔刀相向时,宋江的表现是,把阮小七"喝下马来,剥下违禁衣服,丢去一边";"宋江陪话解劝"。

向谁"陪话"？向童贯手下"陪话"。

一个为国家南征北战,立下赫赫战功的功臣,竟不得不向两个草包低头。

宋大哥要的是息事宁人,要的是希望朝廷甚至包括那些奸臣,明白他对他们一片苦忠,从而给他一条生路。

哪怕为此牺牲兄弟,也在所不惜。

然而,宋江的忍让只换来了一杯毒酒。

因为他背负着洗不掉的原罪。脸上的金印,虽由安道全用昂贵的黄金珠玉研成粉做了美容,可在朝廷心中,他的无形的金印永远抹不去。

这就是原罪。

4

有一天，一只青蛙看到许多鱼聚在一起痛哭，就好奇地问：你们为什么哭啊？

一条鱼回答：龙王有令，凡是有尾巴的都要处死。

青蛙听了，也跟着大哭起来。

这回该鱼们好奇了：我们哭，是我们有尾巴，你又没尾巴，你瞎哭什么？

青蛙抽泣着说：我害怕龙王追究我当蝌蚪时候的事啊。

当过蝌蚪，就有过尾巴，哪怕摇身一变，蝌蚪成了青蛙，尾巴早不在了，可有过尾巴总是不争的事实。就好比宋大哥和他的兄弟们，哪怕浴血苦战，用三分之二兄弟的非正常死亡，换来了朝廷的顶戴，可曾经反过朝廷总是不争的事实。

这条曾经的尾巴，就叫原罪。

有了原罪，哪怕卖身投靠，人家多半也不会相信你。他们怀疑你不是接班人，而是掘墓人。尽管你恨不得把心掏给他看。

不信，请看宋江手中那杯酒——

> 自此宋江到任以来，将及半载，时是宣和六年首夏初旬，忽听得朝廷降赐御酒到来，与众出郭迎接。入到公廨，开读圣旨已罢。天使捧过御酒，教宋安抚饮毕。宋江亦将御酒回劝天使，天使推称自来不会饮酒……宋江自饮御酒之后，觉道肚腹疼痛，心中疑虑，想被下药在酒里。却自急令从人打听那来使时，于路馆驿，却又饮酒。宋江已知中了奸计，必是贼臣们下了药酒。

5

一百〇八将中，混江龙李俊是个不起眼的人物。李俊曾对宋江说过："我这里有三霸，哥哥不知，一发说与哥哥知道。揭阳岭上岭下，便是小弟和李立一霸；揭阳镇上，是他弟兄一霸（穆弘、穆春）；浔阳江边做私商的，却是张横、张顺两个一霸。以此谓之三霸。"

名为三霸，其实，至多不过是小地方的黑恶势力而已。哪怕桃花山的李忠、周通，也比他厉害得多。毕竟，人家聚了几百个喽啰，敢于凭借山寨与官府直接对抗。这三霸只不过横行地方，暗地里做些没本钱的买卖罢了。

从在梁山的资历来说，李俊是在江州为救宋江而入伙的，虽然其时晁盖尚在，但他属于宋江派系。梁山的主要地盘，是八百里水面，水军有着极其突出的重要性——以后，两赢童贯、三败高俅，水军都取得了骄人的战绩。李俊作为水军一把手，功不可没。但李俊的排位为第二十五名，在雷横后面；至于梁山元老，同为水军首领的三阮，排名还在李俊之后。

出身不显赫，排名不靠前，李俊的结局却是梁山众好汉中最好的。而最好的结局，竟缘于一次失手——李俊带着童威、童猛，驾了一条小船，前去打探方腊军情，不想在太湖榆柳庄被另一伙强盗捉拿。于是，李俊认识了对他下半生产生了重要影响的太湖水寇费保、倪云等四人，并结为兄弟。

费保只是太湖中一个小团伙的首领，却比梁山泊这个大团伙的首领更有见识。结识之初，李俊便表示要把费保等人推荐

混江龍李俊 居涘濱有民人

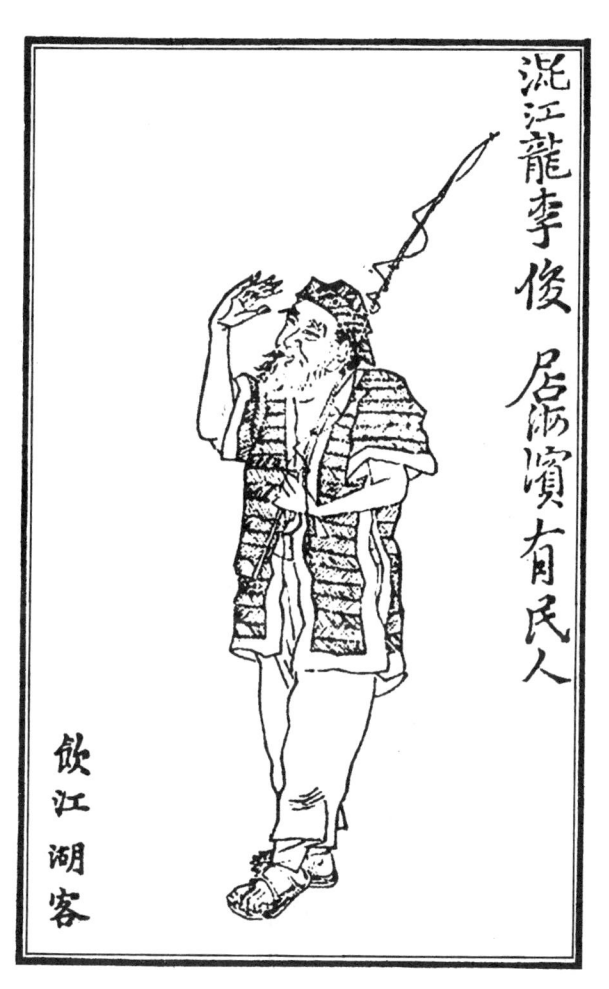

飲江湖客

混江龙李俊

给宋江:"都保你们做官,待收了方腊,朝廷升用。"对此,费保了无兴趣,回答说:"若是我四个要做官时,方腊手下也得个统制做了多时。所以不愿为官,只求快活。"及后,在费保等人帮助下,宋江拿下了方貌固守的苏州。

拿下苏州,大功一件,但费保四人"来辞宋先锋,要回去。宋江坚意相留,不肯"。宋江只得令李俊送费保回榆柳庄。正是在榆柳庄的酒桌上,费保为李俊清醒地分析了时局:"小弟虽是个愚卤匹夫,曾闻聪明人道:'世事有成必有败,为人有兴必有衰。'哥哥在梁山泊,勋业到今,已经数十余载,更兼百战百胜。去破辽国时,不曾破折一个兄弟。今番收方腊,眼见挫动锐气,天数不久。"尤其重要的是,"为何小弟不愿为官?为因世情不好,有日太平之后,一个个必然来侵害你性命。自古道,'太平本是将军定,不许将军见太平'"。

那么,面临如此局面,出路在哪里呢?费保的意见是:"今我四人,既已结义,哥哥三人,何不趁此气数未尽之时,寻个了身达命之处,对付些钱财,打了一只大船,聚集几人水手,江海内寻个净办处安身,以终天年,岂不美哉。"

费保一席话,如同醍醐灌顶。李俊听罢,倒地便拜,说道:"仁兄,重蒙教导,指引愚迷,十分全美。"当时,几人约定,李俊继续回宋江营中效力,待破了方腊再来榆柳庄,而费保等人,则"准备下船只,专望哥哥到来"。

果然,平定方腊后,宋江带领残余人马回京,路过苏州:

> 李俊诈中风疾,倒在床上。手下军人来报宋先锋。宋江见报,亲自领医人来看治,李俊道:"哥哥休误了回军的

程限，朝廷见责，亦恐张招讨先回日久。哥哥怜悯李俊时，可以丢下童威、童猛，看视兄弟……"宋江见说，心虽不然，倒不疑虑……只得留下李俊、童威、童猛三人，自同诸将上马赴京去了。

辞别宋江，李俊"三人竟来寻见费保，不负前约，七人都在榆柳庄上商议定了，尽把家私打造船只，从太仓港乘驾出海，自投化外国去了，后来为暹罗国之主。童威、费保等都作了化外官职，自取其乐，另霸海滨"。

对李俊和童氏兄弟的选择，施耐庵显然很赞成。叙述此事后，专有一首诗称许：

知几君子事，明哲迈夷伦。
重结义中义，更全身外身。
浮水舟无系，榆庄柳又新。
谁知天海阔，别有一家人。

6

李俊迥异于其他好汉的结局，是《水浒传》中最为旁逸斜出的一笔，也是一个意味深长的暗示。

这暗示我们：大宋治下，早已没有一方安静良善的净土。处处官吏横行，方方豺狼当道。并且，更为重要的是，原本可以安身的江湖也已崩溃——自从梁山有了招安的大未来计划，自从聚义厅改为忠义堂，替天行道的宏大叙事下，大哥如同皇帝的翻版，江湖成了微缩的官场。

礼失而求诸野。李俊造船出海，像是对孔老夫子牢骚的身体力行。当年，孔老夫子说过，"道不行，乘桴浮于海"——如果我的理想在这片土地上行不通，我就驾船去国外推销。

只不过，孔夫子和我一样，是文人，文人总是说得多做得少甚至不做。不像人家混江龙李俊，说干就干，终于干成暹罗国国主。

那是一片化外之地。所谓化外，就是政令教化达不到的地方。政令达不到，说明没有高俅、童贯之流的阴谋与戕害；教化达不到，说明虚伪的礼教还没有萌芽。至关重要的是：只有在化外，在王化之外，才没有人追究你做蝌蚪时的尾巴，一切才可以重新开始。

是故，所谓乐土，不一定就是风调雨顺，四季如春，花开烂漫，而是你可以没有任何恐惧地站在阳光下。

用鲁智深的话说：今日方知我是我。

"巨婴"卢俊义的悲剧人生

自小锦衣玉食，成年后又接手偌大一分家业，富二代抑或富 N 代卢俊义具备大多数富二代、富 N 代的特点：自信到自负，任性到疯狂。

1

一边大叫"梁山泊好汉全伙在此"，一边从大名府十字街头的酒楼上跳下来，"手举钢刀，杀人似砍瓜切菜，走不迭的，杀翻十数个"，这是拼命三郎石秀一生中最闪亮的高光时刻。其勇、其智、其决断，不枉施耐庵说他"心雄胆大有机谋"。反之，却是玉麒麟卢俊义一生中最阴晦的至暗时刻。其时，卢俊义被判处死刑，绑赴刑场，"可怜十字街心里，要杀含冤负屈人"。当行刑队大喝"午时三刻到了"，蔡庆按住卢俊义的头，蔡福"早掣出法刀在手"，卢俊义转瞬就要身首异处时，石秀从楼上跳了下来。要说及时雨，这才是真正救命的及时雨。

玉麒麟卢俊义

身为梁山泊二号人物，一人之下而万人之上，考察卢俊义的心路历程，颇为有趣。他在上梁山前后的巨大变化，恍似两个人。在短时间里如此脱胎换骨，缘于现实对他的无情吊打。卢俊义的故事，差不多就是一个"巨婴"的疼痛史。

梁山泊好汉的构成，大体上讲，有这样几类：一是原本就行走江湖，刀头上舔血的好汉，比如刘唐、李俊、张横、张顺诸人；二是因种种原因走投无路不得不落草的体制内人员，比如林冲、杨志、鲁智深；三是被梁山打败后无处可去，暂时栖身水泊的朝廷命官，比如秦明、呼延灼、关胜；四是身怀某种高超技术而为梁山所需，被梁山骗去入伙的，比如安道全、徐宁、金大坚。比照这四类人，卢俊义哪一类都不是，他"生在北京，长在豪富之家"，是"北京大名府[①]第一等长者"。书中没有具体写卢家的生意做得有多大，但单是都管李固手下，就有"行财管干"四五十个来说，卢家之富有，完全不是西门庆之类可比的。

大名府的一个大富豪，虽然爱好武艺，却从不与江湖人士交往，更不在江湖上行走，卢俊义和梁山泊原本就是两条平行的直线，根本没有相交的可能。然而，由于宋江的需要，这个身家亿万的大富豪，最终，不得不落草梁山。

寨主晁盖中了史文恭的毒箭后不治身死，按理，该由其时的二把手宋江毫无悬念地接任——事实上，早在此前，晁盖就两次要将头把交椅让与宋江，而宋江自进山寨后，征战杀伐，

[①] 北宋四京（东京开封府、南京应天府、西京洛阳府、北京大名府）之一。治所旧址在今河北大名县东北。

影响力与号召刀早就在晁盖之上，孰料，晁盖并没有将寨主之位传给宋江，而是留下了一个意味深长的遗嘱：谁捉到史文恭，谁就是山寨之主——这差不多等于断了宋江接任的可能。以宋江武艺之低微，估计连杜迁、朱贵都打不过，哪有本事捉到史文恭？

万一武功高强的关胜、林冲、鲁智深、武松，甚至三阮、刘唐他们侥幸捉到了史文恭，有前任大哥的遗嘱在，宋江敢不让人坐头把交椅吗？所以，宋江和他的一帮心腹——包括原本属于晁盖班底，后来见风使舵投到宋江旗下的吴用——很着急。着急的结果有两个，第一个是停止攻打曾头市。这在有怨报怨，有仇报仇的江湖中很奇怪。大哥被人弄死，梁山本应拼尽全力复仇，却意外地停止了攻打曾头市。因为，宋江害怕哪个不懂事的兄弟，一不小心捉到了史文恭。顺理成章，也就有了第二个——解决宋江合理即位的问题。

宋江的如意算盘是，找一个在社会上有名气、有影响而且武艺高强到能捉住史文恭的人入伙。这个人还必须具备另一大前提：在梁山及江湖毫无根基，没有班底，欠梁山一个大人情。这样，即便他捉住了史文恭，他也绝不敢接受寨主之位。他之前与梁山毫无瓜葛，自然就没兄弟站出来为他鸣不平；他之前在江湖上没有影响，江湖舆论就不会批评梁山做得不够光明磊落。

卢俊义恰好符合这些要求。一者，他是大名府巨富，有很大的社会影响力。二者，他"一身好武艺，棍棒天下无对"。三者，他从不在江湖上行走，没有江湖兄弟，此前也与梁山任

吴用计赚玉麒麟

何人都没交情。

只是，这样一个身份高贵、在大宋富豪榜上大概能排进前一百位的商界顶流，如何把他拉来效力？

这时，吴用扮作算命先生，亲自前往大名府给卢俊义设局。

这局设得很拙劣：吴用宣称卢俊义百日内有血光之灾，"家私不能保守，死于刀剑之下"，必须到东南方一千里之外才能躲避。东南方一千里之外的地方，正是水泊梁山。

2

自小锦衣玉食，成年后又接手偌大一分家业，富二代抑或富Ｎ代卢俊义具备大多数富二代富Ｎ代的特点：自信到自负，任性到疯狂。

原本，三个与卢俊义关系最亲近的人提醒了他：这很可能是一场骗局，别往人家坑里跳。可惜，卢俊义不听。"巨婴"的性格决定了他听不进任何提醒。哪怕是最亲近的人。

首先是李固。

李固"原是东京人，因来北京投奔相识不着，冻倒在卢员外门前。卢俊义救他性命，养在家中。只见他勤谨，写的算的，教他管顾家间事务。五年之内，直抬举他做了都管"。作为都管，卢家"一应里外家私都在他身上"，显然，卢俊义对李固是信任的。

李固提醒他："主人误矣。常言道，贾卜卖卦，转回说话。休听那算命的胡言乱语。只在家中，怕做甚么？"卢俊义却宁肯相信素昧平生的算命先生，也不相信鞍前马后的李固："我命中注定了，你休逆我。若有灾来，悔却晚矣。"

其次是燕青。

燕青"是北京土居人氏，自小父母双亡，卢员外家中养的他大"。如果说李固只是本能地觉得算命先生乃是胡言乱语的话，那么，聪明伶俐的燕青甚至看穿了梁山的阴谋："这一条路去山东泰安州，正打从梁山泊边过……倒敢是梁山泊歹人，假装做阴阳人来扇惑，要赚主人那里落草。"

燕青是"卢俊义家心腹人"，与卢俊义的关系，自然比李固进了一步。对他的提醒，卢俊义喝道："你们不要胡说。"并坚信，"谁人敢来赚我"。是的，作为大名府首屈一指的大财主，在钱能通神的年代，的确没人敢去赚他。可大名府不代表天下，前三十二年没人敢去赚他，也不代表一生都没有人去赚他。

再次是他的浑家贾氏。

贾氏年方二十五岁，"嫁与卢俊义才方五载，琴瑟谐和"。作为夫妻，贾氏与卢俊义的关系，比之燕青，又近了一步。

贾氏虽是大门不出、二门不迈的妇道人家，也比"巨婴"卢俊义更有见识，她也认为算命先生乃是胡说，"休听那算命的胡说，撇了海阔一个家业，耽惊受怕……你且只在家内，清心寡欲，高居静坐，自然无事"。

卢俊义的反应，是以非常轻蔑的口吻说："你妇人家省得甚么……我既主意定了，你都不得多言多语。"

三个最亲近、最值得信赖的身边人的劝说，换来的是卢俊义的一意孤行,"若是那一个再阻我的,教他知我拳头的滋味"。

对李固和燕青而言,卢俊义是主人,对贾氏而言,卢俊义是丈夫;他们在卢俊义面前,都处于绝对的从属地位,一应大小事情,最后的决定权都在卢俊义那里。他们完全不认可卢俊义的行为,但摊上了这样的主人,这样的丈夫——这样的"巨婴"——也只能由他,"各人谁敢再说,各自散了"。

卢俊义安排李固引两人打前站,次日,"李固去了,娘子看了车仗,流泪而去"。贾氏看了李固的车仗流泪,据此,有人认为,贾氏和李固早有奸情。其实不然。娘子看了李固的车仗,是知道事已如此,无法再阻止丈夫,乃是在为丈夫前程担忧而流泪。不然,既难以理解施耐庵说她与卢俊义"琴瑟甚和",更难以理解,一个大户人家的女主人,居然敢在众人面前望着远行的男仆伤心流泪——难道她真的想尝一尝卢俊义拳头的滋味吗?

于卢俊义而言,他并不知道梁山的阴谋,他单是相信了吴用的胡言乱语,要到大名府东南一千里外的地方躲避命中的灾祸。按一般人想法,他只需悄悄地去避他的祸就是了。可卢俊义不。

因为,卢俊义不仅任性爆棚,自信也爆棚。万贯家私,棍棒娴熟,当然更有"巨婴"的个性,这一切都使他坚信,对燕青说的"打家劫舍,官兵捕盗,近他不得"的梁山好汉,"我观他如同草芥,兀自要去特地捉他,把日前学成武艺显扬于天下,也算个男子大丈夫"。

这不只是卢俊义一时的大话,而是他的真实想法。到了梁山附近,店小二好意提醒他:"好教官人得知,离小人店不得二十里路,正打梁山泊边口子前过去。山上宋公明大王,虽然不害来往客人,官人须是悄悄过去,休得大惊小怪。"

卢俊义闻言,取出四面白绢旗,向小二讨了四根竹竿,把四面旗都缚起来,旗上面,写着四行大字:

慷慨北京卢俊义,远驮货物离乡地。
一心只想捉强人,那时方表男儿志。

小二不明就里,问卢俊义难道是宋大王的亲戚?并要他小声些,不要连累小人,"你便有一万人马,也近他不的"。对小二的好意,卢俊义骂他"放屁","你这厮们都和那贼人做一路"。

李固等仆人一齐叫苦,跪在地上告饶,卢俊义却说,他车上袋子里,准备了一袋绳索,到时,他一朴刀砍翻一个,"你们众人与我便缚在车子上","若你们一个不肯去的,只就这里把你们先杀了"。

自负、任性之外,"巨婴"卢俊义还崇尚暴力。对地位低于他的人,一言不合,要么让他们尝拳头的滋味,要么"把你们先杀了"。

3

卢俊义眼中,梁山好汉的功夫不值一提。事实上呢?进入梁山地界后,他先后和李逵、鲁智深、武松、刘唐、穆弘、李应、朱仝、雷横等人交手。这中间，除穆弘、李应稍弱外，其余几个，都是梁山一流或准一流高手，其实力并不在卢俊义之下。他们之所以打三五个回合就撤，为的是一步步诱敌深入。

果然，卢俊义"再回林子边来寻车仗人伴时，十辆车子、人伴、头口，都不见了，心里只管叫苦"。及至花荣一箭射中他帽子上的红缨——能射中红缨，必然也能射中五官，卢俊义怕了，"吃了一惊，回身便走"。一会儿，山上鼓声震天，呼延灼和徐宁各领一军杀来，卢俊义"吓得走投无路"，望着满目芦花，茫茫烟水，卢俊义后悔了，"是我不听好人言，今日果有凄惶事"。

然后，卢俊义做了俘虏。

忠义堂上，卢俊义终于弄清了梁山泊的意图，那就是要他落草，而非谋他的财害他的命，他是安全的。卢俊义坚决推辞。不过，令人替他的智商着急的是，梁山明显要拖延他在山上的时间，而他每多待一天，以后自证清白的可能就少一分，他却在山上吃喝四个月有余。

卢俊义从梁山回到大名府时，在城边遇到了"我那一个人"，本来锦衣玉袍的燕青，"头巾破碎，衣裳蓝缕"。燕青为何如此狼狈，卢俊义颇意外。燕青告诉他，李固先于四个月前被梁山放走后回到大名府，和贾氏私通，去官府告发卢俊义投奔梁山，"嗔怪燕青违拗，将我赶逐出门"。燕青劝他，"主人可听小乙言语，再回梁山泊去，别做个商议，若入城中，必中圈套"。

燕青是卢俊义心的心腹，眼下又如此模样，他的话，应该说，可信度非常高。自负的卢俊义却认为"我的娘子不是这般人，你这厮休来放屁"。更不相信李固竟敢背主，反骂燕青："莫不是你做出歹事来，今日倒来反说？"燕青见主人执迷不悟，痛哭着拜倒在地，拖住卢俊义衣服不让他走，卢俊义却"一脚踢倒燕青"。

以后，便是卢俊义进城被抓，若不是柴进恩威并施，已被狱吏蔡福、蔡庆杀死在狱中；若不是燕青一路跟随，则被董超、薛霸杀死于林中。——刺配路上，卢俊义之狼狈，恰与他出场时的风光形成鲜明对比：做饭时，"卢俊义是财主出身，这般事却不会做，草柴火把又湿，又烧不着，一齐灭了；甫能尽力一吹，被灰眯了眼睛。董超又喃喃呐呐地骂。做得饭熟，两个都盛去了，卢俊义并不敢讨吃。两个自吃了一回，剩下些残汤冷饭，与卢俊义吃了"。

其时的卢俊义，想想半年前的富贵荣华，养尊处优，早已恍如隔世。余下的，恐怕只有无穷无尽的追悔。

燕青将卢俊义从董超、薛霸的水火棍下救出来后，前往梁山途中，卢俊义再次被官府抓获。这一回，等待他的是斩首示众。于是，才有了开篇所说的石秀那惊天一跃。

梁山泊为了营救卢俊义，重兵出击，所谓"时迁火烧翠云楼 吴用智取大名府"。从书中情节推算，卢俊义在死囚牢里又待了好几个月，虽有蔡福、蔡庆照顾，但死囚的生活，再照顾，又能好到哪里呢？

将卢俊义救上梁山，宋江又一次熟练地表演了让位秀。卢俊义再糊涂，他也不可能接受。他不过是一个依靠梁山搭救才

放冷箭燕青救主

从死牢里逃出来的罪犯,欠着梁山和宋大哥一个比天还大的人情。他只能表示:"若得与兄长执鞭坠镫,愿为一卒,报答救命之恩。"

如宋江、吴用所愿,果然是卢俊义捉到了史文恭。遵晁盖遗嘱,卢俊义当为山寨之主。此时的卢俊义,经过命运吊打,已不再是从前那个任性、自负、固执、暴力的"巨婴"。他知道他唯一该做的事情就是:推辞。真诚地推辞。坚决地推辞。

晁盖灵前,当宋江以晁天王遗嘱的名义,要扶卢俊义做寨主时,卢俊义恭谦拜于地下,说道:"兄长枉自多谈,卢某宁死,实难从命。"

然后,是宋江的主意,两人各率一支人马,一人打东平府,一人打东昌府,"如先打破城子的,便做梁山泊主"。这个看似公平的主意,其实基于双方的完全不平等——即使攻打城子没有任何困难,卢俊义也会主动制造困难,以便后打下城子。

他终于明白,他其实就是梁山泊的一颗棋子,宋江体面继承寨主之位的棋子。

对卢俊义家破人亡和积极配合的回报,宋江给了他第二把交椅。

这个名义上的二把手,权力非常有限。按梁山管理体制,处于决策层的是宋江、卢俊义、吴用和公孙胜四人。公孙胜乃方外人物,不大管事;吴用和宋江早就绑在一起。所以,决策层里,卢俊义没有多少话语权。下面一百多位头领,称得上心腹的,仅有燕青。

不仅权力和话语权有限,甚至,对这个极其低调的副手,宋江也不忘时时敲打一番。比如，领命征方腊前，宋江与卢俊义并马而行，在东京城外看到一个汉子在玩胡敲——"两条巧棒，中穿小索，以手牵动，那物便响"。宋江作了一首歪诗：一声低了一声高，嘹亮声音透碧霄。空有许多雄气力，无人提处谩徒劳。复又笑着对卢俊义说："这胡敲正比着我和你，空有冲天的本领，无人提挈，何能振响？"

既是闲谈，而非讨论山寨前途、好汉命运，卢俊义难得地吐露了几句真话，他说："兄长何故出此言？据我等胸中学识，虽不在古今名将之下，如无本事，枉自有人提挈，亦作何用？"

两人说的其实是事物的两个方面，宋江想表明，无人提挈，有本事也无用武之力；卢俊义想表明，如无本事，纵使有人提挈，也是枉然。就是说，两人的说法都对，没有谁正确谁错误。不想，宋江却收了笑容，断言："贤弟差矣！"并上升到做人的高度教训卢俊义："我等若非宿太尉一力保奏，如何能勾天子重用，声名冠世？为人不可忘本！"对一把手的批评，卢俊义"自觉失言，不敢回话"。

一二把手闲聊，二把手竟至于"不敢回话"，可见梁山的所谓讲义气不过是一纸谎言，水泊其实和大宋王朝一样等级森严。

4

平定方腊回京后，作为梁山硕果仅存的二十七员头领之一，卢俊义被任命为庐州安抚使兼兵马副总管,加授武功大夫。宋时的安抚使,负责一路的军民事务,相当于后世的省长兼军区司令。对此,卢俊义相当满意——他不得已上了梁山,在二把手位置上委曲求全多年,现在,终于一刀一枪,搏了个功名。虽然家没了,"亦无家眷",毕竟蝶变朝廷命官,上马管军,下马管民。他"带了数个随行伴当,自望庐州去了"。

卢俊义在庐州安抚使任上如何做官,书中未写。不过,从另一些地方可以看出端倪。还京前,燕青劝卢俊义功成身退,"私去隐迹埋名,寻个僻静去处,以终天年"。卢俊义很诧异:"正要衣锦还乡,图个封妻荫子,你如何却寻这等没结果?"燕青以韩信、彭越鸟尽弓藏的教训提醒他,然而,此时的卢俊义,似乎又恢复了在大名府当大财主时的自负:"我不曾存半点异心,朝廷如何负我?"话已至此,燕青只好说:"既然主公不听小乙之言,只怕悔之晚矣。"

后来的事实证明,卢俊义的眼光,远不如他这个年轻的仆人。在蔡京等贼臣算计下,卢俊义和宋江一同被召进京,一同喝下渗有水银的毒酒,"失脚落于淮河深处而死"。

被赚上梁山时,面对众头领落草的邀请,卢俊义宣称,他"生是大宋人,死是大宋鬼"。然而,从他的遭遇来看,似乎要添两个字,那就是:"生是大宋妄人,死是大宋冤鬼。"

世情篇

母夜叉孟州
道賣人肉

她的美丽带来的是无边的灾难

多年过去了,当历尽沧桑的鲁智深和林冲都已被官府逼得落草,昔年的和尚与昔年的教头再次见面时,鲁智深的第一句话,就是打听林张氏的下落。

我老家的老人在感叹命运时,常爱说一句话:人生一世,草木一秋。其意,既说生命短暂无常,也说哪怕最低贱的生命,也有追求幸福的本能。

何况,她并不低贱。她出生于大宋首善之区,是彼时世界上人口最多、市井最繁华的东京汴梁城的居民。她的父亲是为皇上和朝廷效力的禁军教头。那时候,她以为自己获得了幸福:生于军官之家,虽不算锦衣玉食,却从小就不必为明天的早餐发愁。长大后,聪明,漂亮,拥有如花的容颜。更重要的是,成年后,嫁了一个高大英俊、文武双全的如意郎君。更更重要的是,丈夫深深地爱着她,一如她也深深地爱着那锦瑟般的青春年华。

人生如此，夫复何求？

那时候，她以为自己就是大宋蓝天下最幸福的人——至少也是最幸福的人之一。然而，天有不测风云，就在她为自己的幸福深感岁月静好时，灾难的潘多拉之盒突然间就打开了。她的命运、她的家庭的命运，很快就被强行改写。

那个看上去一派祥和的盛世，上至帝王将相，下到贩夫走卒，似乎谁也不能真正主宰命运。套用一句话，哪怕皇帝，他也不知道明天和意外哪个先来临——就在她的悲剧发生几年后，貌似强盛的大宋就被北方崛起的女真人打得一败涂地。兵临城下，最繁华的城市和最高贵的皇室，都成了任人宰割的羔羊。最终，宋徽宗和他的儿子宋钦宗等天潢贵胄一齐成了女真人的俘虏，屈辱地死在异国他乡。

而她的幸福就像蕹上的露珠，毒辣的太阳一出，立即蒸发得无影无踪。这一切，仅仅因为她有一副好看的皮囊。于她而言，全天下女子都梦寐以求的花容月貌，通向的不是幸福，而是不幸；通向的不是欢乐，而是痛苦。

行文至此，读者一定看出来了，我说的是林冲的夫人。施耐庵没有写她的名字，只称她林娘子。林娘子的老爹是张教头，那么，按惯例，我们可以称她为林张氏。

多年过去了，当历尽沧桑的鲁智深和林冲都已被官府逼得落草，昔年的和尚与昔年的教头再次见面时，鲁智深的第一句话，就是打听林张氏的下落——"坐间林冲说起相谢鲁智深相救一事，鲁智深动问道：'洒家自与教头沧州别后，曾知阿嫂信息否？'"

身为出家人，热切地关心朋友的老婆。显然，这不是鲁智深荒唐，而是他急于想知道，在这个荒唐的世道上，在那个美丽可能给整个家族带来灭顶之灾的年头，美丽的人儿，她能否守住那份无辜的美？

不幸的是，林冲的回答，肯定令鲁智深难过——此时的林张氏，早已香消玉殒。林冲说："小可自火并王伦之后，使人回家搬取老小，已知拙妇被高太尉逆子所逼，随即自缢而死；妻父亦为忧疑，染病而亡。"

如果长得丑一些、胖一些、矮一些、黑一些，那么，林张氏或许能获得幸福。而林冲，也不至上山落草。豺狼当道的乱世，长得美竟成了罪过？

当然，这不能一概而论。比如李师师就很美，甚至比林张氏更美。但她不用担心美丽会带来灾难，因为，她的美敬献给了皇帝陛下。谁敢看上皇帝的女人并给皇帝下套？除非是比大宋皇帝更为强大的女真铁骑。

这么说你就明白了：如果没有足够的能量，给你一个美丽的妻子，事实上可能害了你。这就是著名作家聂绀弩先生《水浒人物之林冲题壁》一诗中所说的"家有姣妻匹夫死，世无好友百身戕"。

施耐庵似乎和女人，尤其美丽女人有些过不去。《水浒传》里涉及的女人并不多，十来个而已，考其要，施先生的意思是：女人的美丽与幸福成反比。

母大虫顾大嫂、母夜叉孙二娘，这些一听名字就与女性的娇柔俏美相距十万八千里的女人，她们的人生虽然不一定就能用幸福来形容；但至少，她们有过叱咤风云的日子，她们是梁山好汉中的一员，曾经成瓮喝酒，大块吃肉，大秤分金，小秤分银，刀锋所向，快意恩仇。

长得像女人，或者说长成了美女的，比如潘金莲、潘巧云、金翠莲、阎婆惜、白秀英，她们的命运，哪一个与幸福沾得上半点边呢？

二潘沦为不齿于人的荡妇淫娃，分别死于小叔和丈夫的刀下。阎婆惜和白秀英的二奶没做长久，也都年纪轻轻死于非命。稍好一点的算是金翠莲，赵员外把她收为外宅，也不知到底是几奶。

二潘咎由自取，阎婆惜和白秀英也有各自问题。《水浒传》不多的女性中，最让读者像鲁智深那样久久不能释怀的，惟林张氏一人而已。

她是美丽的——这简直是废话。她要是不美，高衙内会为她害相思病要死要活吗？

她是善良的——高衙内两番调戏她，她却坚信，她生活的社会，是一个"清平世界"，像高衙内那样"把良人调戏"，乃是清平世界不允许的恶行。

她是深情的——当林冲刺配沧州，自觉生死未卜，主动提出离婚，并写下一纸休书时，于林冲，是为了给妻子一条生路。然而，林张氏的反应却是："心中哽咽。又见了这封书，一时哭倒，声绝在地。林冲与泰山张教头救得起来，半晌方才醒来，兀自哭不住。"她对林冲的一腔深情，并不因林冲从教头沦为犯人而稍有衰减。

她是坚贞的——林冲刺配沧州,再次被设计陷害,虽然侥幸捡得一条性命,却不得不亡命江湖,落草梁山。于林张氏而言,亲爱的丈夫,显然永远难以再见。而高衙内的骚扰更严重了,甚至就连高太尉也亲自出马威逼她成亲。她仍然没有屈服。她宁愿去死,也不愿背叛她和林冲的爱情。

林冲火拼王伦后,在梁山总算立住了脚,这才有机会派小喽啰到东京去接妻子。不想,两个月后,小喽啰回来说:"直至东京城内殿帅府前,寻到张教头家,闻说娘子被高太尉威逼亲事,自缢身死,已故半载。张教头亦为忧疑,半月之前染患身故。止剩得女使锦儿,已招赘丈夫在家过活。访问邻里,亦是如此说。打听得真实,回来报与头领。"林张氏如此刚烈,宁死不屈,就连晁盖这种杀人放火的铮铮铁汉,也"怅然嗟叹"。至于林冲,"潸然泪下,自此杜绝了心中挂念"。

据说,大宋是当时世界上最强盛的国家,GDP 占了全球一半以上,东京城更是繁华无比。不过,一个时代是否真的强盛,最应该看的不是 GDP 的暴涨或大都市的奢华,而要看升斗小民是否安全,是否幸福。

如果连林冲这种统治阶层的人,居然也无法保护自己的妻子;而身居高位的高太尉,为了他那个"倚势豪强,专一爱淫垢人家妻女"的干儿子,就可以一而再再而三地陷害自己的部下,这个国家再强盛,也不过是极少数权贵的强盛,不仅与底层无关,就连和林冲这样的军官也无关。

依据书中的细节推算,林张氏上吊自杀的时间,大约在初春。

淅沥的春雨寒冷坚硬，坠地有声，像是命运的铁爪在打门。小楼外，杏花初发，道路泥泞。孤灯的微光中，林张氏想起了去年春天，她和丈夫一起到汴河畔踏青赏春的美好岁月。孰料一年后的今夜，丈夫却刺配远方，生死茫茫。

更要命的是，高衙内父子步步紧逼。或许，明天一早，逼亲的队伍就会破门而入——如果林张氏宁愿坐在宝马车里哭，也不愿坐在自行车上笑，那倒不妨半推半就，水到渠成。

可惜，林张氏不是这种人。林张氏有主见，有追求，更有底线。有底线才会绝望，才会在那个寒冷的春夜走投无路。这底线就是，林张氏忠于她和林教头的爱情。真正的爱情，不仅是顺境时的卿卿我我，还是逆境中的风雨同舟，更是绝境处的拼死一搏。

甚至，如果林张氏是扈三娘，事情也要好办一些。李逵杀了扈三娘父母，吓跑了她的兄长，把她家烧成一片白地，她却听任宋江把她嫁给又丑又好色的王矮虎，并且无怨无悔。她的行为，如同一具听人操纵的木偶，一具美丽的、没有心灵的木偶。

可惜，林张氏也不是这种人。

一个手无缚鸡之力的弱女子，只能趁着使女锦儿沉沉睡去时，用一匹白绫套在白皙的脖子上。一头，系上屋梁。一脚，蹬倒椅子。当椅子哐当一声倒下，林张氏的身子悬在半空，她将在一阵本能的挣扎后不无痛苦地死去。锦儿从睡梦中醒来时，她惊恐的尖叫刺破了东京城漆黑夜空的小小一角，随即又被更深更重的黑夜吞噬。天明还早得很。

一具青春的胴体就这样慢慢凉了，冰了。这是大宋朝最黑暗的一个初春之夜。杏花在冷雨中开放，美人却含恨自缢。她的死，既为亲爱的丈夫保留了冰清玉洁的身体，也对大宋这个黑暗时代发出了无声的控诉。

那时候，千里之外的梁山泊，林冲还在王伦手下吃一碗受气饭。他对妻子的挂念没有一刻停止过，他肯定早就想把妻子接上山，可他立足未稳，空有一身屠龙杀虎的本领，却要在酸文假醋的白衣秀才手下讨生活。就像后来他对晁盖说的那样："小人自从上山之后，欲要搬取妻子上山来。因见王伦心术不定，难以过活，一向蹉跎过了。"

生活，教会了林冲忍辱负重。就像海子的诗说的那样："为了生存，你要流下屈辱的泪水，来浇灌家园。"

那时候，他能做的只有磨刀，用磨刀来销磨万古长夜。虽然大多数年代都注定了有心杀贼，无力回天。但是，刀总是要磨的。

它是绝望，也是希望。

它是手段，也是目的。

它是结束，也是开始。

做一个李小二那样的平凡人

与鲁智深和柴进不同，李小二不是江湖好汉，他只是一个草根、一介草民，他只需要过自己的日子。他对林冲表现出来的仁义礼智，可以说，是他作为一个善良的普通人，发自内心深处的本能反应。

进剿方腊，梁山损兵折将，出征一百〇八，凯旋三十又六。幸存者中，有梁山三朝元老林冲。不过，行至杭州，林冲忽然"染患风病瘫了"。宋江带领其他头领前往京师接受朝廷封赏时，林冲与断了一条手臂的武松一起，留在杭州城外的六和寺。前文说过，对林冲来讲，这或许才是最好的安排。如果没有瘫痪，如果他随宋公明回到东京接受封赏，那岂不意味着，他不得不与毁了他一生的高俅同朝为臣？诚如是，林冲面对几度将自己逼得走投无路的仇人时，是怒？是悲？是怒发冲冠还是忍气吞声？

恐怕都不合适。甚至，就连施耐庵也没替林冲想好到底该怎么办。于是，他干脆安排林冲患风病瘫了，免却回到京师的尴尬。

在六和寺仅生活了半年，林冲就去世了。半年间，宋公明和其他幸存的弟兄，在京师受到天子隆重接见，各自封了大大小小的官。这些消息，林冲当然会知道。对宋公明哥哥心心念念所要的正果，林冲是何态度——赞赏？不屑？郁闷？不得而知。其实，不管什么态度，都无改于既成事实。或者说，事到如今，对这个屡立战功的战将来说，他瘫痪在床的身子，已经无法再次跨上战马舞动蛇矛了。那柄嗜血的蛇矛，就静静地斜立屋角。

生命的最后半年，林冲一定会回忆往事，检视平生。

回忆得最多，也回忆得最温暖、最痛苦的，无疑是娘子林张氏。好些年过去了，林张氏的音容笑貌已随着时光流逝而渐渐模糊，但始终不曾模糊的，是夫妻俩到东岳庙进香遭遇高衙内的那个打翻多米诺骨牌的下午。从那个下午开始，八十万禁军教头林冲的人生急转直下，如同一只无法左右航程的小船，出没于骇人的风浪中。

匹夫无罪，怀璧其罪。仅仅因为有一个美丽的妻，仅仅因为美丽的妻被权势倾天的高太尉的干儿子看上，林冲就必须死。

尽管天可怜见，林冲九死一生逃出生天，落草上了梁山。但是，林冲的遭遇却告诉我们，大宋比丛林法则时代还要糟糕。丛林法则下，强凌弱、众暴寡都是明摆着的，但在大宋这个花花世界，高太尉之流却通过挖坑的方式让清白者蒙受不白之冤，再以法律的名义置他于死地——灭掉你，还要让你背上犯罪分子的恶名。

除了娘子林张氏,林冲经常回忆的应该还有他的救命恩人。他的救命恩人有三个。一个是好友鲁智深,一个是对他赏识有加的柴进。还有一个则不在梁山好汉之列,只是一个十分普通的草根——普通得甚至没有正经名字,施耐庵仅把他称作李小二。

我说过,《水浒传》里,有不少处于底层的小人物,他们身上反倒闪烁着人性的光辉,让人感受到人间的温暖。李小二即其中之一。

先说鲁智深和柴进。

《水浒传》最著名的桥段之一,当数野猪林。我记得小时候,有一部国产电影就叫《野猪林》,即以林冲和鲁智深的故事为题材。

林冲恶了高太尉——所谓恶了,其实是家有美妻,为他招来无妄之灾——被构陷手持利刃到白虎堂行刺。幸好,开封府尹和具体办案的孙孔目多少还有些正义感,既看不惯高太尉倚势豪强,也同情林冲无辜被害,是以没按高俅的意思将林冲处死,而是从轻发落:脊杖二十,刺配沧州。

林冲一日不死,高俅便一日如芒在背,更兼高衙内要让林冲娘子和老丈人断了念想,所以,由陆谦出面,用二十两金子收买了押送林冲的差役薛霸、董超,要他们在路上结果林冲。

在野猪林,薛、董二人以怕林冲逃走为由,将他牢牢绑在树上。"薛霸便提起水火棍来,望着林冲脑袋上劈将来。"

千钧一发之际,"只见松树背后雷鸣也似一声,那条铁禅杖飞将来,把这水火棍一隔,丢去九霄云外"。不用说,如此及时到位的拯救,来自鲁智深。

考察鲁智深与林冲的友谊,起源于双方都是武林高手的惺惺相惜。大相国寺菜园子里,鲁智深为泼皮们演练禅杖时,林冲恰巧路过,不由喝彩出声:"端的使得好。"

鲁智深看林冲打扮,乃是军官模样——恰与几个月前的自己是同行。由是,鲁智深对林冲产生了好感。加之泼皮们告诉他,这是八十万禁军教头林冲。他便主动相邀:"何不就请来厮见。"这一见,从此成为肝胆相照的生死之交。

林冲此前最好的朋友,是"自幼相交""如兄若弟"的陆谦,可陆谦在上司和朋友之间,毫不犹豫地选择了上司。设计骗林娘子到家供高衙内调戏的是他,托薛霸、董超干掉林冲的也是他,不远千里跑到沧州牢城要杀林冲的还是他。虽说这应归咎于陆谦利欲熏心,为讨好上司而不择手段,可林冲确实也有交友不慎之嫌。

鲁智深和林冲之间最多的共同语言是武功,至于处世方式和世界观,其实相差甚远。

比如,林冲发现调戏自家妻子的人是高衙内,"恰待下拳打时……先自手软了",并向鲁智深解释说,"本待要痛打那厮一顿,太尉面上须不好看。自古道,不怕官,只怕管。林冲不合吃着他的请受,权且让他这一次"。

林冲的忍让,固有人在屋檐下,不得不低头的考虑,其实也不无他性格偏于柔弱,以自家的忍气吞声来换取息事宁人的因素。鲁智深却不然,一则他本是一人吃饱、全家不饿的单身

花和尚大闹野猪林

汉，不怕事；二则他的性格天真烂漫，直率无拘。他对林冲的说法颇有些不以为然："你却怕他本官太尉，洒家怕他甚鸟！俺若撞见那撮鸟时，且教他吃洒家三百禅杖了去。"

尽管三观不尽相同，处世方式迥然相异，但鲁智深对林冲的关怀可谓无微不至——尤其让人感动的是，他原本是一个粗豪汉子，一个逃离红尘的出家人。

野猪林相救之前，二人的最后一次见面是林冲买刀那天。那把宝刀，相当于一只打开的潘多拉盒子。尔后林冲提刀入白虎堂，尔后下狱，尔后差点被处死，尔后刺配沧州。这一切变故，鲁智深都知道，却又无能为力。他只能默默关注，"洒家忧得你苦"，"自从你官司，俺又无处去救你"。

好友被陷害，想要救他却无从下手，这种无力感，对鲁智深是一种深深的折磨。鲁智深一生，总在急他人之所急，忧他人之所忧，并为之一再付出代价：

第一次是救金氏父女，为此拳打镇关西，做不成提辖，不得不流落江湖，削发为僧；第二次是救林冲，为此得罪高太尉，大相国寺里挂搭不下去了，只得到二龙山落草；第三次是救史进，为此失陷华州，若非梁山方面出手，多半人头落地。

鲁智深好不容易打听到林冲被刺沧州的终审结果，"在开封府前又寻不见"，却发现酒保来请两个押送的公人，以此起了疑心，"恐这厮们路上害你，俺特地跟将来"。

鲁智深本是一个粗人，但这个粗人，每当他出手救人时，却又转瞬变得无比精细。比如他怕店小二去赶金氏父女，专门拿条凳子坐在门口；又怕店小二告诉镇关西，专门找镇关西切二十斤臊子。

救林冲也是如此——两个公人在客店里用热水算计林冲时，鲁智深就想发作，只是担心人多，"恐妨救了"；不过，"洒家见这厮们不怀好心，越放你不下，你五更出门时，洒家先投奔这林子里来"。

野猪林救下了林冲，鲁智深并没有离开，而是"监押不离"，跟着走了十七八天，直到离目的地只有七十来里路程，且"打听得实了"，"一路去都有人家，再无僻静处了"，鲁智深这才告别林冲，踏上归途。并且，分手前，他展示神力，警告公人。

如果说林冲只有一个朋友的话，那这个朋友一定是鲁智深；如果说林张氏死后，世界上只有一个人关心林冲的话，那这个人也一定是鲁智深。这世界那么多人，交一友如鲁智深便够了。恰如鲁迅以清人联句书赠瞿秋白的条幅所云：人生得一知己足矣，斯世当以同怀视之。

再说柴进。

和鲁智深分手后，抵达沧州牢城前，林冲与两个公人路过柴大官人的庄园。仗义疏财而又专好结交天下英雄的柴进，对林冲青眼有加，宣称："小可久闻教头大名，不期今日来踏贱地，足称平生渴仰之愿。"

在师父洪教头和罪犯林冲之间，柴进感情的天平明显偏向林冲，尽管他与林冲刚刚相识。林冲一棒打翻洪教头，柴进的反应是"大喜，叫快将酒来把盏"。此后，柴进留林冲"在庄上一连住了几日，每日好酒好食管待"。两个公人催着上路，柴进又置酒相送，并赠送林冲二十五两的一锭银子，两个公人也雨露均沾，各得五两。

尤其重要的是，柴进给沧州府尹和牢城管营各写了一封信，托他们照顾林冲——这两封信果然起了大作用。"别的囚徒，从早起直做到晚，尚不饶他。还有一等无人情的，拨他在土牢里，求生不生，求死不死。"林冲却分去看守天王堂，早晚只烧香扫地，"这是营中第一样省气力的勾当"。

可以说，倘不是高太尉阴魂不散，一定要结果林冲性命，林冲在沧州牢城的日子应该很好过。过上几年，遇到大赦，尚可回京与娘子团聚。

柴进对林冲的照顾和安排，可以归于柴进讲究江湖义气，并对林冲的武艺十分佩服，对他的遭遇十分同情。此后，当林冲杀了陆谦、富安等人，柴进对他的帮助，同样是救命之恩。与鲁智深的救命之恩，并无本质区别。

火烧草料场后，林冲从服刑的囚徒成为犯下弥天大罪的重犯。"府尹大惊，随即押了公文帖，仰缉捕人员，将带做公的，沿乡历邑，道店村坊，画影图形"——当局眼里，林冲可谓罪大恶极。当初，捉拿鲁达打死镇关西的赏钱是一千贯，捉拿少华山三位头领的赏钱是三千贯，而捉拿林冲一个人的赏钱也是三千贯。

林冲藏身柴进庄园，仗着柴进祖上让位之功，官府暂时还没搜上门。但林冲不可能像老鼠一样一直躲藏，且也没人敢保证，官府永远不上门。

林冲下一步如何安身立命，柴进替他想好了，那就是到梁山泊投奔王伦。直接放林冲从庄上出去，无异羊入虎口，可能

柴进门招天下客

刚走出大门，就被缉拿的公人捉了。那时，只有死路一条。柴进想得很周到：他让林冲混在打猎的庄客中，仗着自己特殊的社会地位，径直把林冲送出了官府搜索圈。

或许可以这么说，鲁智深和柴进都是江湖儿女，他们出手搭救林冲，乃是出于江湖道义和兄弟义气。然而，另一个与江湖无涉的小老百姓，他对林冲的友好和搭救，更叫人感动——感动于平凡人那份发自内心深处的善良与正义。

这就是李小二。没把《水浒传》读上三五遍的人，恐怕很难记得，书中还有这么一个跑龙套的小角色。

且说林冲在沧州牢城时，有一天，正在街上闲走——身为犯人而在街上闲走，可见林冲在刑期因柴大官人关照，服得相当轻松——忽然听到背后有人叫他，回头一看，"却认得是酒生儿李小二"。

说起来，李小二之所以帮助林冲，也缘于早年林冲对李小二的帮助。可见，尽管水浒世界有很黑暗的一面，但在黑暗的冰河下面，还是有一些温暖的泉流在涌动，人们还有可能因自己的善行而得到善报。

早年，李小二在东京某酒店做伙计，拿了店主人钱财，被捉住了，"要送官司问罪"。那时的李小二，年轻单纯，还没经历过生活的吊打，一时犯了糊涂，就得为自己的糊涂付出代价。

林冲知晓此事后，"主张陪话"——就是站出来帮李小二讲人情，向店主人陪话。八十万禁军教头，为一位非亲非故、做了贼的年轻人向地位远不如己的酒店主人陪话，且"又与他陪了些钱财"，林冲为什么这么做？如果李小二是个惯犯，林冲自然不会去多管闲事。那么,可能性只有一种,即林冲同情李小二,也知道他本性不坏,只是一时糊涂走上歧路。倘吃了官司,这辈子就毁了。

于是,林冲站出来打圆场,拿出钱来帮他退赔,"方得脱免"。做了贼,京师混不下去了,李小二只得黯然离开。没有路费,又是林冲拿钱,"赍发他盘缠"。好些年过去了,李小二已不再年轻,他漂泊到沧州,仍在酒店打工。老板对他很满意,把女儿嫁给他,招上门做了女婿。后来老板夫妇去世,李小二便继承了酒店。

多年前,在东京,李小二是地位低下的伙计,林冲是风光的禁军教头;多年后,在沧州,李小二是酒店老板,林冲却沦为脸上刺字的罪犯。

然而,李小二——包括他的老婆李王氏——半点也没轻看林冲,反而把不期而遇的恩人看作天赐之福:"我夫妻二人正没个亲眷,今日得恩人到来,便是从天降下。"

李小二这种过场性的龙套人物,施耐庵着墨不多,我们却仍能通过这不多的笔墨得出一个基本判断:比对古人道德观念,在李小二身上,非常明显地体现出了孔孟所追求的仁义礼智。

林冲自陈得罪了高太尉,沦为罪犯,"恐怕玷辱你夫妻两个"。李小二全然不以为意,劝林冲"休恁地说"。不仅当天留林冲吃了一天的酒,"次日,又来相请"。林冲是个单身男人,对浆洗缝补很外行,李小二贴心地提醒林冲,"但有衣服,便拿来家里"。并且,"不时间送汤送水来营里与林冲吃","林冲的绵衣裙袄,都是李小二浑家整治缝补"。这是李小二的仁。

李小二得知林冲被害的前因后果，担心高太尉阴魂不散，见到两个东京口音的人来酒店请管营和差拨吃酒，立即起了疑心。他对老婆说："这人莫不与林教头身上有些干碍？我自在门前理会，你且去阁子背后，听说甚么。"这是李小二的义。

林冲虽是罪犯之身，李小二却一口一声恩公，即便背后提起，也尊称教头或林教头。林冲去看守草料场，前来辞行，李小二认为这差事比看天王堂更好。"只是小人家离得远了，过几时那工夫来看望恩人。"又在家中安排了酒席，为林冲饯行。这是李小二的礼。

李王氏听了李小二的话，提议马上把林冲请来，让他辨认一下。李小二制止了她，说："你不省得，林教头是个性急的人，摸不着便要杀人放火。倘或叫的他来看了，正是前日说的甚么陆虞候，他肯便罢？"是的，以林冲此时的脾气，见了陆虞候，必然发作；一旦发作，必然不可收拾。这是李小二的智。

正是李小二夫妇探听到情报并及时告诉林冲，林冲才多长了一个心眼儿，才有此后在草料场被烧时侥幸逃脱，并杀死陆谦和富安等人。可以说，如果没有李小二夫妇的情报和提醒，恐怕林冲怎么死的、死于何人之手也不一定知道。

与鲁智深和柴进不同，李小二不是江湖好汉，他只是一个草根，一介草民。他不需要考虑江湖上鄙视他还是赞美他，因为他根本就不在江湖上。他只需要过自己的日子。他对林冲表现出来的仁义礼智，可以说，是他作为一个善良的普通人，发自内心深处的本能反应。因为有这种善良的普通人的存在，崇尚丛林法则的水浒年代才不至于黑暗得那么暗无天日。

林冲前来辞行那天，李小二"家里安排几杯酒，请林冲吃了"。两人——不，应该说是三人，还包括夫唱妇随的李王氏——就此分别。不久，便是风雪山神庙，便是火烧草料场，便是上梁山落草，便是招安讨辽国征方腊……关于林冲的这些消息，李小二夫妇一定听说了，他们也一定会替时乖命蹇的恩人忧虑。

多年以后，当梁山好汉的人生成为世人纷纷争说的人间传奇，那时，李小二和李王氏都老了，齿落发白，儿孙绕膝，他们多半会对孩子们说起：从前啦，我们有一个恩人，那就是林教头……

与林冲轰轰烈烈的人生相比，李小二夫妇的人生平平淡淡，甚至多年如一日，一生亦如一日。然而，当他们终老之时，他们却可以自豪地拍着胸脯说：我们这一辈子，虽然平凡，却从来没有整过人害过人。这个世界如此险恶，我们总算平安度过了。

武松和他的三段温情时光

命运给予了他英俊的脸庞、强壮的身躯和力能搏虎的本领,唯独没有给予他温情。或者说,仅有的三段短暂的温情,也被命运之神失手打碎。

1

结识宋公明哥哥那天,武松虚岁二十五。武松成长的岁月里,道君皇帝(宋徽宗赵佶)还在东京做他的太平天子。官府虽然黑暗,毕竟还有孙孔目和开封府尹这种不肯依附高太尉的清流。

庙堂太高,江湖太远。投胎技术不好的武松只好降生于山东清河的一个穷苦人家。更要命的是,武松自小父母双亡,只能和哥哥武大相依为命。

哥哥身材矮小,面目丑陋,担着烧饼担子吃力地出没于街巷,常常是被耻笑和被欺压的软柿子。

武松必须赶紧长大成人。

他要用拳头回敬所有的嘲笑和欺压。

可以想象，一开始，他还不够强大，不够凶狠，他一定吃了不少苦头。当他额上带着伤，脸上带着血跑回狗窝般的家时，侏儒哥哥只能含着眼泪，用一块磨出了许多小洞的毛巾浸了清水给他擦去脸上的血迹和污泥。

然后，两兄弟一齐挤坐在高高的门槛上，他们望着渐渐黑下来的天空，闻着从邻居家里散发出来的饭菜香味儿发呆。

那时候，武松想的是：老子一定要更凶狠，更玩命。

钢铁就是这样炼成的。武松终于打出了一身体力和经验，同时也打出了在清河县的名声。

为了他惹下的祸，哥哥武大隔三岔五被官府拿去责问甚至杖打，吃尽苦头。

有一天，武松喝醉了酒，一拳"打死"了人，不得不畏罪潜逃。

他投奔了握有铁券丹书且仗义疏财的柴大官人。柴大官人虽然不姓赵，可赵家的江山原本是他们柴家的。因了祖上让位之功，柴进坐拥两座大庄院，还有"便杀了朝廷的命官，劫了府库的财物"，也敢藏在庄里的法外特权。

武松和柴进，无论怎么看，都属于油水不相溶的两个阶级。后来他们一同在宋公明领导下称兄道弟，也只是形势所迫。说到底，他们三观相异，就连流的汗也不同，压根儿尿不到一个壶里。

柴进庄上，武松依旧嗜酒，依旧动不动就挥拳打人，依然是意气用事、不计后果的古惑仔脾气。

不久,不仅满庄的庄客没一个说他好,就连据说很好客的柴进也不搭理他了。哪怕他得了疟疾,哪怕他在秋夜里冷得直打哆嗦,不得不在走廊上烧火取暖。柴进也假装没看见,只顾在屋子里陪新来的更重要的客人推杯换盏,"酒至半酣,三人各诉胸中朝夕相爱之意"。

剧饮中途,醉醺醺的重要客人出来撒尿,不小心踩着了武松烤火的火锹柄,"把那火锹里炭火,都掀在那汉(武松)脸上"。

早就狂躁郁闷的武松忍无可忍,跳起来把柴大官人的要客"劈脸揪住",大喝道:"你是什么鸟人,敢来消遣我!"

就这样,小青年武松结识了江湖大佬宋公明,也由此开启了他生命中的三段温情时光。

2

武松性格刚毅、敏感,内心深处隐藏着小骄傲。

梁山好汉爱结拜,结拜既是因为义气,也因为把对方看得很重。比如鲁智深与林冲初识,两人一见如故,便结为兄弟。武松一生,主动结拜过两个人,那便是宋江和张青。这两个人都劝过武松同一件事:少饮酒。

武松大闹飞云浦、血溅鸳鸯楼后,在一座古庙睡觉时,被张青手下捉住,眼看绑在亭柱上即将开膛破肚,幸好被孙二娘认出。及后,孙二娘出主意让武松扮成行者逃躲通缉,并拿着张青的书信,到二龙山投鲁智深和杨志。"临行,张青又分付道:'二哥于路小心在意,凡事不可托大。酒要少吃,休要与人争闹,也做出些出家人行径。诸事不可躁性,省得被人看破了……'"

告别张青夫妇十余天后,武松与宋江在白虎山下孔家庄不期而遇。"两个在孔太公庄上,一住过了十日之上。宋江与武松要行,相辞孔太公父子……孔太公苦留不住,只得安排筵席送行了。"二人同行两天,眼看到了分手的岔路口——一个要去清风寨,一个要去二龙山。"宋江洒泪,不忍分别。又分付武松道:'兄弟,休忘愚兄之言,少戒酒性。保重,保重!'"

劝一个嗜酒如命的人少饮,非常扫兴。也只有真的对他好,才会不顾扫兴地劝他。以我为例,这二三十年,经常劝我少饮的也有两个人。当然不是宋江和张青。是我的母亲和我的亲老师张新泉。

在柴大官人庄上结识宋江后,武松迎来了他生命中的第一段温情时光。

武松之于宋江,原本类似于粉丝之于偶像。但偶像忽然化作了伸手可握的兄长和父亲——从年龄上说,宋江是兄长;从他对武松的关心和指导说,却如同父亲。

此时的武松,除了力气和脾气,一无所有,内心迷茫。一句话,这个懵懂青年,不知道如何规划人生,不知道日后的路如何走。

宋江给武松的建议是:"日后但是去边上一枪一刀,博得个封妻荫子,久后青史上留得一个好名,也不枉了为人一世。"

虽然这话要等到他们在孔家庄第二次见面时，宋江才明白地说出来；但从书中写武松见到宋江，说了二龙山落草之事就主动提出招安来推断，显然，他们在柴大官人府上抵足而眠时，宋江就这样指点了武松。

武松也听从了宋公明哥哥的指点。他因缘际会打死老虎，阳谷县令主动请他做都头。武松欣然答应，并兢兢业业地上班做事，正好符合浪子回头的范式。

柴进府上十多天，浓烈的温情包围着武松。宋江天天和他喝酒谈心，甚至还出钱为他做衣服——这看起来有点婆婆妈妈女人气，可对武松这个从小缺钙长大缺爱的粗豪汉子来说，公明哥哥送的不是衣服，而是义气、温暖和关怀。

古人说的解衣推食，不过如此。

武松要回清河县探望哥哥，柴进礼节性地送到门口，宋江却带着宋清随武松上路，"行了五七里路"。武松请宋江回去，宋江回答说：何妨再送几步。"又过了三二里"，武松再次请宋江回去，并挽住宋江说道："尊兄不必远送，常言道，送君千里，终须一别。"宋江指着远处说，"容我再行几步，兀那官道上有个小酒店，我们吃了三钟作别"。

这番二十几年来从未感受过的温情，让粗豪的硬汉武二也忍不住掉泪了。

然后，是《水浒传》中最令我感动并感伤的情节——

"宋江和宋清立在酒店门前，望武松不见了，方才转身回来。"

生活上的照顾，前途上的指引，精神上的鼓励……总之，宋大哥给了武松从不曾有过的父爱。

这父爱，套用歌词来说，那就是："从来不需要想起，永远也不会忘记。"

为了这父爱，武松毕生追随宋江。尽管他根本不赞成招安，但他还是听从了宋大哥的安排。

3

因为景阳冈打虎，在阳谷，武松巧遇了哥哥武大。

虽是亲兄弟，武大与武松却不可能有真正的思想交流。因为，他们三观恐怕大相径庭。把他们维系在一起的，是血浓于水的骨肉之情。

这也就可以理解，为什么武大一见武松，就抱怨他不写信回家，甚至批评他以前总是惹是生非，害得自己吃官司。——书中是这样写的：

> 武大道："二哥，你去了许多时，如何不寄封书来与我？我又怨你，又想你。"武松道："哥哥如何是怨我、想我？"武大道："我怨你时，当初你在清河县里，要便吃酒醉了，和人相打，如常吃官司，教我要随衙听候，不曾有一个月净办，常教我受苦，这个便是怨你处。想你时，我近来取得一个老小，清河县人不怯气，常来相欺负，没人做主。你在家时，谁敢来放个屁？我如今在那里安不得身，只得搬来这里赁房居住，因此便是想你处。"

景阳冈武松打虎

武松表现如何？施耐庵没写。我以为，多半是不以为意，甚至调皮地哈哈大笑。为什么？因为他们是亲兄弟啊。

武松的记忆中，家是一个模糊的概念，最多让他联想起柴门上的蛛网，半干的水缸，吱呀的木床，又破又脏的棉絮和几天没洗的锅盆碗盏。毕竟，从小，他和哥哥就是孤儿，就生活在贫民区，就像狗一样地肮脏而顽强地长大。

现在，其貌不扬的哥哥不仅娶了一个美丽能干的女人，还拥有了一个整洁温馨的家。这个家，也有武松一席之地："武大叫个木匠，就楼下理了一间房，铺下一张床，里面放一条桌子，安两个杌子，一个火炉。"

武松平生第一次感受到了家的温暖。"次日早起，那妇人慌忙起来，烧洗面汤，舀漱口水。叫武松洗漱了口面，裹了巾帻，出门去县里画卯。""不论归迟归早，那妇人顿羹顿饭，欢天喜地伏侍武松。"

令武松绝望到要怀疑人生的是，嫂嫂竟然对他有非分之想。这倒也还罢了，只要自己坐怀不乱就行。万万没想到的是，到京城出一趟远差再回家，木讷本分的哥哥竟化作了一坛骨殖。

并且，哥哥是被嫂嫂和情人害死的。

短暂的温情结束了，甚至比从不曾有过更令人寒冷，更令人抓狂。

武松告官无门，只有杀人。

几个月前温暖的家，顿时变成了血腥的杀场："那妇人见头势不好，却待要叫，被武松脑揪倒来，两只脚踏住他两只胳膊,扯开胸脯衣裳。说时迟,那时快,把尖刀去胸前只一剜,口里衔着刀,双手去斡开胸脯,取出心肝五脏,供养在灵前。"

从那以后,武松不相信爱情,也不相信家庭。他扮作行者逃脱官府追捕后,完全可以还俗——事实上只能叫脱去伪装,因为他根本就没有真正出家。但是,他宁愿做一个假行者,以此名正言顺地拒绝女人,拒绝婚姻,拒绝家庭。

当然也拒绝了来自女人、婚姻和家庭的温情。

若不是心中藏有永远的痛,他又何必如此和自己较劲?

想当初,如果不是西门庆与潘金莲勾搭成奸害死武大,武松想必是阳谷县里合格称职的小吏。他也许会由哥哥嫂嫂做主,娶一个贤惠的妻子,生一大群长长短短的儿女,教他们习武,送他们读书,再不会有人像欺负三十年前的他和哥哥那样欺负他们。

当儿女们长大成人,他和哥哥都老了。那时,他们就坐在紫石街柔软的阳光下,就着老酒,说说少年时经受过的苦难——唯有经过时光的过滤,从前的苦难才会变得平淡如水。

然而,世界上有苹果有芒果有火龙果,就是没有如果。

4

斗杀西门庆后,"县官念武松是个义气烈汉,又想他上京去了这一遭,一心要周全他";"陈府尹哀怜武松是个有义的烈汉,如常差人看觑他"。在两级政府主官的关照下,武松杀了

武松斗杀西门庆

潘金莲和西门庆，却得到从轻处理：脊杖四十，刺配两千里外。

发配路上，"那两个公人知道武松是个好汉，一路只是小心伏侍他，不敢轻慢他些个"。与同是发配的林冲和卢俊义相比，无异霄壤之别。

途中，武松经过了有名的十字坡。并且，不打不相识，他结识了在十字坡开黑店的张青和孙二娘。

张青实话告诉武松，表面上，他两口子在十字板"盖些草屋，卖酒为生"，"实是只等客商过往，有那入眼的，便把些蒙汗药与他吃了，便死。将大块好肉，切做黄牛肉卖，零碎小肉，做馅子包馒头"。这对心狠手辣的黑店老板，对武松的照顾却无微不至。施耐庵在同一段落里，一连用了两次"忽然感激"来描写武松对这种照顾的反应：

> 武松忽然感激张青夫妻两个，论年齿，张青却长武松五年，因此武松结拜张青为兄。

> 武松再辞了要行，张青又置酒送路。取出行李、包裹、缠袋来，交还了。又送十来两银子与武松，把二三两零碎银子赍发两个公人……张青和孙二娘送出门前，武松忽然感激，只得洒泪别了，取路投孟州来。

就像主动提出和宋江结拜一样，这一次，也是武松主动提出和张青结拜。

这是骄傲的武松一生中主动认的两个兄长。

张青比武松年长五岁（也有版本说是九岁），江湖经验丰富。他对武松的关怀，也不仅限于请吃请喝送银子，而是细心得令人感佩——

母夜叉孟州道卖人肉

他看出，前往牢城的武松，早晚还会犯事，还会来十字坡。为此，他严令手下在抢人做人肉馒头时，只能捉活的。

果然，从孟州翻城逃出的武松，在破庙睡觉时，被张青手下用挠钩搭住，捉回黑店。正要开剥，幸好张青夫妇心细，起来察看，才发现是武松。用张青的话说，"从你去后，我只怕你有些失支脱节，或早或晚回来，因此上分付这几个男女，但凡拿得行货，只要活的……方才听得说，我便心疑，连忙分付等我自来看，谁想果是贤弟"。

其时的武松，大闹飞云浦，血溅鸳鸯楼，身负十九条人命。被害者中既有酒店老板蒋门神，更有地方官员张都监和张团练。如此弥天大罪，官府严加缉拿，甚至要民众连保。通缉文书上，"写了武松乡贯、年甲、貌相、模样，画影图形，出三千贯信赏钱。如有人得知武松下落，赴州告报，随文给赏；如有人藏匿犯人在家宿食者，事发到官，与犯人同罪"。

在如此"五家一连，十家一保"，且"家至户到，逐一挨察"的大搜捕下，十字坡这个黑店显非久留之地。可天地之大，武松该去哪里安身？焦躁不安时，张青拿定了主意：他和二龙山大头领鲁智深、杨志交情匪浅。由他修书一封，让武松去二龙山落草。

孙二娘外号母夜叉，却有着女子的精细伶俐。她认为，为了逃避官府图形索影，武松必须扮作头陀蒙混过关。他们店里，正好有现成行头，包括度牒。

走出十字坡的张家黑店，从此，江湖上多了一个不念经不打坐的假行者。

张都监血溅鸳鸯楼

绝望江湖——《水浒传》的另一面

多年以后，武松还记得，那天清晨，张青拍着他的肩膀，郑重地说——

二哥于路上小心在意，凡事不可托大，酒要少吃，休要与人争闹……休得被人看破了。

以后，武松依然嗜酒，依然经常酩酊大醉。只是，酒醒之后，他会又一次想起，十字坡那棵缠满青藤的大树下，张青夫妇曾经长久地望着他，直到他孤独的身影转过山岩，消失在古道的那一边。

那一瞬，打虎硬汉的眼眶多半湿了。

5

少年子弟江湖老。

钱塘江畔的一座山上，是梵音缭绕的六和寺。

征方腊战役中折了左臂后，武松一直隐居于此。做了一辈子假行者，他终于进了真寺庙。

他是一个长寿的人，活到了八十多岁。按《水浒传》年代背景计算，要等到南宋中期他才去世。

道君皇帝早被女真人抓走并死在了北方，哥哥武植的坟前，当年种下的小树，已然粗如水桶。

一辈子希望效忠朝廷的宋公明大哥，在诛灭方腊后，被奸臣们下毒害死。听说，他与吴用和花荣一起，安葬在了蓼儿洼。还听说，那里的景致，颇似八百里水泊梁山。

至于张青和孙二娘，他们在征方腊时死于非命：歙州城下，

母夜叉孙二娘

"乱军中又折了菜园子张青,孙二娘见丈夫死了,着令手下军人寻得尸首烧化,痛哭了一场"。——其时,梁山泊兵分两路,张青夫妇跟随副先锋卢俊义,武松跟随正先锋宋江。否则,陪着孙二娘一起痛哭一场的,一定还有武松。痛哭丈夫后数天,孙二娘在清溪被方腊手下杜微用飞刀击中,伤重不治而死。

钱塘江的潮声夜夜传到小屋,渐渐老去的武松被岁月打磨成了一个真正的出家人。虽然他还是不念经不打坐,但他脸上的杀气慢慢消散了。

来来往往的香客和越来越陌生的僧人,已经没有人知道武松,没有人知道景阳冈上的大虫。甚至水泊梁山,也恍如一个千年前的古老传说。

如今,东京也好,梁山也罢,早已是女真人的地盘了。凭借波涛滚滚的长江,朝廷在南方偏安。就连首都也叫临安呢。

暮年的武松须发如雪,长年待在面朝江流的那间禅房里。潮声如鼓,催促武松检点平生。

他终于发现,命运给予了他英俊的脸庞、强壮的身躯和力能搏虎的本领,唯独没有给予他温情。或者说,仅有的三段短暂的温情,也被命运之神失手打碎。

恰似春日午后的睡眠,梦才做了一小半,花就落了,太阳就下山了。睡眠的人醒来,一时间,竟不知今日何日,斯人何人。

小人物更让我们温暖

如果生活在暴力时代，我们能像史太公、刘太公那样宅心仁厚与人方便吗？

如果生活在暴力时代，我们能像李小二那样心存感激知恩图报吗？

如果生活在暴力时代，我们能像何九叔那样不说假话设法存真吗？

1

《水浒传》一书，作者的着力点是以宋江为首的一百〇八条梁山好汉，其次是朝廷各级官员。不过，哪怕跑龙套，他也写到一些小人物，偏偏就是这些不起眼的小人物，让我感受到了人间的温暖与人性的善良。

与杀人不眨眼的好汉和杀人不见血的官员相比，这些小人物既不会武功，也不占有半点公权，他们处于社会最底层，却像寒夜里在远处闪烁的星星之火,叫人意识到即便在暴力至上的丛林里,善良也从未真正绝迹,底线也从未彻底消失。

2

高俅发迹后,禁军教头王进恐遭报复——

王进……出得衙门,叹口气道:"俺的性命今番难保了!俺道是甚么高殿帅,却原来正是东京帮闲的圆社高二。比先时曾学使棒,被我父亲一棒打翻,三四个月将息不起,有此之仇。他今日发迹,得做殿帅府太尉,正待要报仇,我不想正属他管。自古道,不怕官,只怕管。俺如何与他争得!"

为此,王进不得不听其老母的意见,"三十六着,走为上着",母子俩悄悄溜出京师,前往延安投奔老种经略相公。旅途上,走了一月有余,离目的地不远了,母子俩说起"高太尉便要差人拿我也拿不着了",心下欢喜,"在路上不觉错过了宿头"。其时,母子俩走了一晚,"不遇着一处村坊","正没理会处,只见远远地林子里闪出一道灯光来"。

这灯火阑珊处便是史家庄。史家庄有三四百户人家,都姓史,全是史太公——也就是九纹龙史进的父亲的庄户。史家常年雇有几十名庄客作帮工,用今天的话说,史太公就是比刘文彩小比周扒皮大的中等地主。

这个地主如何对待夜幕下前来造访的不速之客呢?当史太公听说王进要借宿,爽快地说:"不妨,如今世上人,那个顶着房屋走哩。"随即又询问王进母子是否吃了晚饭。一会儿，安排了四样菜蔬、一盘牛肉以及酒饭，请王进母子用餐。这份晚餐，现在看来，也足以待客，何况是物资相对匮乏的大宋时代。

更令人感动的是，次日，王进母亲因鞍马劳倦，心疼病发，早晨起不来。史太公安慰王进说："既然如此，客人休要烦恼，教你老母且在老夫庄上住几日。我有个医心疼的方，叫庄客去县里撮药来，与你老母亲吃。教他放心慢慢地将息。"

对一个萍水相逢的过客，接之以礼，不问酬劳；待之以情，全无机心。史太公有一颗仁厚的心。这仁厚，少见啊。

与史太公相似的还有另一位刘太公——《水浒传》中写到的几位太公，除去为了一只大虫而陷害解珍、解宝的毛太公外，其余如史太公、刘太公，以及宋江的爹宋太公，二穆的爹穆太公，为人均不错。这位刘太公和那几位家有江湖好汉儿子的太公相比，还要低调，还要平易，更接近普通的殷实人家家长。

话说鲁智深从五台山前往东京大相国寺，途中，"因见山水秀丽，贪行了半日，赶不上宿头"。无处可去之际，"远远地望见一簇红霞，树木丛中闪着一所庄院"，这便是刘太公的桃花村。

在服务业普遍不发达的古代，赶路的人找庄户人家讨个宿，是很寻常的事情。更何况，鲁智深还是五台山来的和尚，更应受到较为隆重的接待。不巧，刘太公摊上了麻烦事，庄客们便不同意鲁智深投宿，态度也不是太好，鲁智深正要发怒，刘太公走出门来，问清情况，把鲁智深请进去，"没多时，庄客掇张桌子，放下一盘牛肉，三四样菜蔬，一双箸，放在鲁智深面前。……庄客旋了一壶酒，拿一只盏子筛下酒，与智深吃"。在一千多年前的深山远村，能招待一个素不相识的人吃这么些酒菜，刘太公很大方，很厚道。

只不过，他的"模样不甚欢喜"，鲁智深以为是自己搅扰了他，不满地说："太公缘何模样不甚欢喜，莫不怪小僧来搅扰你么？明日洒家算还你房钱便了。"刘太公这才道出他的麻烦事："我家如常斋僧布施，那争师父一个。只是我家今夜小女招夫，以此烦恼。"原来，他十九岁的女儿，被桃花山的强人看中，"撇下二十两金子、一匹红锦为定礼，选着今夜好日，晚间来入赘老汉庄上。又和他争执不得，只得与他，因此烦恼"。

谢谢施耐庵，他让史太公仁厚的心得到了回报——王进教了史进一身好武艺；他也让刘太公仁厚的心得到了回报——鲁智深在洞房里暴打了桃花山强人周通后，又因与另一位强人李忠是旧相识，从而劝说周通不要再纠缠刘太公的女儿："你若娶了，教他老人家失所，他心里怕不情愿。你依着洒家，把来弃了，别选一个好的。"又担心自己走后，周通反悔，逼得周通折箭为誓。刘太公的烦恼，终于完全解脱。

看来，即便暴力时代，仁厚的人也有福报。

3

林冲发配沧州后，有一天在街上闲逛，碰到了在东京时认识的一个酒楼伙计李小二。

说起来，李小二曾是不良青年。他拿了主人家钱财，被捉见官,林冲救了他,替他赔了主人;见他在东京安不下身,又给他一笔盘缠,让他外出务工。

经此磨难,李小二在偏远的沧州成熟了。他在王家酒店打工,为人勤谨,并且"安排的好菜蔬,调和的好汁水,来吃的人都喝彩"。王老板便把女儿许配给他。老两口死后,他与妻子一起打理小店,依靠汗水和技术混口饭吃。

举目无亲的林冲与同样举目无亲的李小二夫妇异乡邂逅,顿时成了没有血缘的亲人。并且,李小二一直对帮助过自己的林冲心存感激。

高俅迫害林冲之心不死,派陆虞候和富安赶到沧州,勾结管营、差拨欲加害林冲。李小二虽不是江湖中人,却具有许多江湖人士也未必有的警惕——书中写道,当陆虞候和富安到李小二酒楼,要请管营和差拨喝酒时,李小二生了疑心——

> 李小二应了,自来门首叫老婆道:"大姐,这两个人来的不尴尬。"老婆道:"怎么的不尴尬?"小二道:"这两个人语言声音是东京人,初时不认得管营,向后我将按酒入去,只听得差拨口里讷出一句'高太尉'三个字来。这人莫不与林教头身上有些干碍?我自在门前理会,你且去阁子背后,听说甚么。"

通过李小二,林冲确认了来自东京的追杀迫在眉睫,他买了一把解腕尖刀带在身上——几天后,这把复仇的尖刀割下了陆虞候、富安和差拨三颗龇牙咧嘴的头。

林冲辞别李小二夫妇前往天王堂看草料时,迫害还未降临。李小二"就时家里安排几杯酒,请林冲吃了",并安慰他说:

"恩人,休要疑心,只要没事便好了,只是小人家离得远了。过几时那工夫来望恩人。"

几天后,当林冲杀死三位官人并火烧草料场的消息传来,李小二夫妇大惊失色之余,一定会为恩人的命运忧心忡忡。而林冲,这位对官军和朝廷怀着刻骨深仇的汉子,一旦回忆起沧州的李小二夫妇,那将是他惨淡人生中不多的温暖之一。

4

何九叔是阳谷县的一个保长,当时称为团头。虽说也带"长"字,干的却是苦差。比如街坊上如有邻居暴死,他得去殓尸。

卖炊饼的武大被潘金莲、西门庆和王婆合谋害死后,何九叔也必须去殓尸。去武家之前,西门庆请他到小酒店里"叫瓶好酒来","吃了一个时辰",又"去袖子里摸出一锭十两银子放在桌上",送给何九叔,要求何九叔在为武大殓尸时,"凡百事周全,一床锦被遮盖则个"。何九叔惹不起西门庆,"惧怕西门庆是个刁徒,把持官府的人",只得收了银子,答应帮忙。

殓尸时,何九叔发现武大"面皮紫黑,七窍内津津出血,唇口上微露齿痕,定是中毒身死"。他想当场声张,又担心没人为武大做主,且"恶了西门庆,却不是去撩蜂剔蝎";然而,要是按西门庆吩咐的那样,认定是正常死亡,"胡卢提入了棺殓了",既担心武松回来不依,更兼良心上过不去。急中生智,他咬破舌尖,假装中了恶,大叫一声昏了过去。

事后，何九叔以上门吊唁武大为由来到武家。他支走王婆和潘金莲，偷拿了一块武大的尸骨，跟西门庆送的银子包在一起，注明年月日期。武松回到阳谷，得知兄长暴死，第一个要找的人就是殓尸的何九叔。

这样，面对武松的满腹疑虑，何九叔的人证与物证至关重要；而武松到县衙里告发西门庆和潘金莲时，才有了最有力的物证——至于县令因和西门庆有勾结而不肯受理，那就不是何九叔的事了。

何九叔殓尸时的表现，有道德洁癖的君子可能会批评他立场不够坚定，没有及时揭穿阴谋。可如果换作我们，我们敢吗？要知道，在阳谷县，西门庆是首屈一指的大老板和黑道大哥，连县令都让他三分。

何九叔假装中恶，充满人生智慧。嫉恶如仇，也不一定要和恶硬碰硬。它也验证了一条做人的原则：一个人不可能永远说真话，但在不能说真话时，至少不说假话。这要求看起来不高，但事实上有几人能做得到？

我常想，如果我们生活在《水浒传》的暴力丛林中，我们既不可能是道君皇帝或高俅这种一言兴邦、一言丧邦的大腕，也不可能是武松、鲁达、林冲这种武艺超群的好汉。

我估摸，绝大多数人都是既无公权，也无私力的普通老百姓。

很悲哀，但也必须承认：论权力，我们还不如宋押司；论打斗，我们打不过郑屠户和牛二；论有钱，西门庆甩我们五条街；论心黑，我们如何比得上潘金莲；论脸厚，阎婆惜扑哧一声就笑了。

我们活着，只能小心翼翼地活着，像一只只卑微而辛勤的蚂蚁。

那么，现在，让我们扪心自问——

如果生活在暴力时代，我们能像史太公、刘太公那样宅心仁厚与人方便吗？

如果生活在暴力时代，我们能像李小二那样心存感激知恩图报吗？

如果生活在暴力时代，我们能像何九叔那样不说假话设法存真吗？

佛祖欠他们一个公道：瓦罐寺的老僧

出家人无儿无女，也少欲望，他们的安享晚年，不过是有口热饭吃，有口热汤喝，有间能避风挡雨的僧舍，这要求实在卑微而简单，但居然也成了奢望。

《水浒传》这书，应该是所有文学作品里，我阅读次数最多的——没有之一。自从小学三年级半通不通、好多稍微生僻一点的字就得囫囵吞枣跳过去地读了第一遍起，此后三四十年间，至少读过二十遍。书还是那本书，故事还是那些故事，人还是那群人，但随着年岁渐长，阅历增多，关注的对象也渐渐有所不同。少年时，最感兴趣的是武功高强且性格直爽者，如李逵、鲁达，或是怀有道术的方外高人，如公孙胜、樊端；二三十岁时，喜欢的是集勇猛与精明于一身者，如武松、林冲、石秀，以及具备另一种更为强大的生存本领者，如宋江和吴用。独独中年以后，方才注意到书中一些微不足道的小角色。

他们是真正的小角色，他们的存在，几乎如同道具一般，仅仅是作为好汉们的陪衬。以前，我从未注意过他们——倒不是说不记得书中有这些人，而是视若不见，从来没去想一想，这些人的出场以及这些人的命运到底意味着什么。

比如瓦罐寺的几个老僧。他们是次而又次的过场人物，没有名，没有姓，关于他们的描写，也就短短几段话。然而，如今细读这些文字，却分明看到了一些悲苦的、无依无靠的身影。

瓦罐寺这寺名，扑面而来的，就是一股子草根气息。如果寺庙也分三六九等的话，它无疑就是一座级别低微的野寺——看看那些高大上的寺名吧：大相国寺、文殊院、护国寺、兴国寺、龙兴寺……它呢，非常敷衍地以瓦罐命名。

瓦罐寺的地理位置，按书中所表，在青州境内。青州在今山东，治所先后设在临淄、历城和潍坊等地。鲁智深大闹五台山后，在文殊院犯了众怒，待不下去了，师父智真长老只得把他安排去东京投奔其师弟、大相国寺住持智清禅师。五台山在开封正北面一千二百里，从五台山往大相国寺，只需一路南行即可。但施耐庵似乎不懂地理，偏要安排鲁智深折而向东，迂回走到山东境内的青州——如此这般的地理错误，《水浒》中还颇有一些，比如杨志押送生辰纲，从大名（今北京）往开封，也无须经过济州。这是题外话。

瓦罐寺是一座山间野寺，坐落在一片大松林深处。一条山路，穿过数个山坡，将它与外面的世界相连。鲁智深"随着那山路行走，走不得半里，抬头看时，却见一所败落寺院"。

如何个败落法呢？施耐庵借鲁智深之眼为我们打量了一番：山门上是一块朱红牌额，牌额都旧了，四个金字，"都昏了"，写着"瓦罐之寺";又走了四五十步,过了一座石桥,入了山门,看起来,从前也曾是一个偌大的去处,只是"好生崩损"——钟楼倒塌了,殿宇崩摧了,山门和经阁里长着厚厚的青苔,佛像之间遍布荆棘,罗汉掉了头,金刚折了臂;香积厨里,"锅也没了,灶头都塌损";方丈室"满地都是燕子屎,门上一把锁锁着,锁上尽是蜘蛛网"。

一座大刹,破落成这等令人心酸的模样,自然有它的原因。只是,鲁智深是一个过客,一个误了市镇没吃上饭,只想找点东西吃的过客。他有点好奇,却也仅仅止于好奇,寻思道:"这个大寺,如何败落的恁地?"

鲁智深在庙里来来回回地叫了半天,"没一个答应",只得"提了禅杖,到处寻去"——这一细节,表明鲁智深相当警惕。想想也是,深山里一座破落的古寺,独自一人闯将进去,谁也不知道里面藏着什么样的风险,所以他要提禅杖。鲁智深一直寻到厨房后面的一间小屋,终于看到了活人——几个老和尚坐在地上。破庙,小屋,老僧,且又坐在地上,可见庙里连一个凳子也没有,并且,几个坐在地上的老僧,"一个个面黄肌瘦"。

明明有人却不答应,鲁智深略有些生气,责问道:"你们这和尚好没道理,由洒家叫唤,没一个应。"老僧们的反应是摇手道:"不要高声。"鲁智深表明自己是过往僧人,想讨顿饭吃。老僧却告诉他:"我们三日不曾有饭落肚,那里讨饭与你吃。"

这话,鲁智深不信,再次表明身份——我是从五台山来的僧人,哪怕是粥,也请洒家吃半碗。五台山乃佛教圣地,在僧众中有着崇高地位。老僧却说，你是活佛去处来的僧，我们本当给你饭吃，奈何"我寺中僧众走散，并无一粒斋粮，老僧等端的饿了三日"。

这么大一座寺院，虽然荒废了，可居然找不到一粒粮食，老和尚们居然饿了三天，这有些出乎鲁智深的想象。鲁智深此前是天天吃肉喝酒的提辖，即便不得已做了和尚，也因依托五台山文殊院这种香火鼎盛的大寺，且又有赵员外不时差人送些东西，所以日子过得不错，从不曾有过冻饿之虞。是故他对处于社会底层的瓦罐寺的老僧们的处境，缺少了解和共情，也属正常。

老僧们向鲁智深解释，这瓦罐寺本来也是一个"十方常住"。所谓十方常住，就是各方都来礼拜的庙宇，香火原本是极盛的——那么，那时候，像他们这些资深老僧，不仅不愁饭吃，还会因信徒众多而广有声望。只可惜，后来，来了两个恶人，"一个云游和尚引一个道人来此住持，把常住有的没的都毁坏了。他两个无所不为，把众僧赶出去了"。这几个老僧之所以没走，那是他们"老得走不动，只得在这里过"，于是，潦倒得"没饭吃"。

老僧的解释，鲁智深应该相信了五六分。只是，他尚存疑惑：既然云游和尚和道人如此可恶，老僧们为何"却不去官府告他"？——要等上好些年，历尽了世道险恶后，当鲁智深说出"只今满朝文武，俱是奸邪，蒙蔽圣聪，就比俺的直裰染做皂了，洗杀怎得干净"这种一针见血的大彻大悟之语时，他才算对大宋社会真正有了入木三分的了解。而此时，他刚脱下戒装换上袈裟不久,他还出于惯性相信官府。毕竟,他曾长期浸泡在官僚体制中。是以他奇怪,和尚道人如此可恶,僧人们为什么却不去官府告他?

老僧们进一步解释,瓦罐寺山高林深,"衙门又远","便是官军也禁不得他"。除了僻远而衙门不管外,其实还有另一大原因,那就是和尚崔道成和道人丘小乙武功高强——二人单打独斗不如鲁智深,但以二斗一,则在鲁智深之上。至于鲁智深的功夫,在水浒世界中属顶级。所以,崔道成和丘小乙也算准一流高手,大概相当于刘唐。

老僧的进一步解释,鲁智深已有八分相信。不巧,这时,他闻到了一阵香。原来是老僧们好不容易化缘得到一点粟米,煮了一锅粥。接下来,饿极了的鲁智深便与老僧们抢粥喝——几个风烛残年的老和尚,如何抢得过武林高手?不过,当鲁智深听老僧们哀叹"我等端的三日没饭吃,却才去村里抄化得这些粟米,胡乱熬些粥吃,你又吃我们的"时,他吃了五七口,"听得了这话","便撇了不吃"。鲁智深的善良,从他放下那锅原想大快朵颐的粟米粥可见一斑。

至此,鲁智深应该完全相信了老僧们的说法。

老僧们为什么要把瓦罐寺的变故告诉鲁智深呢?表面看,是为了解释他们为何没饭吃;深层看,却是希望鲁智深替他们主持公道。他们在崔道成和丘小乙的淫威下苟且偷生,原本香火鼎盛的寺庙被折腾得几成废墟,年老体衰,连一口饭也吃不上,如今,金刚般的鲁智深突然从天而降,他们内心深处,便升起一股希望之火,希望鲁智深能赶走崔道成和丘小乙。如是,则瓦罐寺虽破落，还有望重新吸引香客，他们也得以安享晚年。

没想到的是，鲁智深居然打不过崔道成和丘小乙——崔道成与鲁智深斗了十四五个回合，不是鲁智深对手，于是，丘小乙上前帮忙。鲁智深以一对二，又斗了"十合之上"，鲁智深"一来肚里无食，二来走了许多路途，三者当不得他两个生力"，"只得卖个破绽，拖了禅杖便走"，"两个拈着朴刀，直杀出山门外来"。

鲁智深一生，最是急公好义，解危济困——从拳打镇关西，解救金翠莲，到捉弄小霸王，帮扶刘太公，莫不如此。所以，依鲁智深题中之义，是想干掉或者至少赶走崔道成和丘小乙，以便解救瓦罐寺那群孤苦无依的老和尚的。

人算不如天算，他竟然敌不过崔、丘二人联手，不仅没干掉或赶走他们，反而把包袱也落在寺中，只得"一肚皮鸟气，正没处发落"。

幸好，在寺外那片大松林里，他遇到了此前在渭州城里结识的九纹龙史进。

鲁智深与史进一旦联手，崔道成和丘小乙的死期便到了——一个被鲁智深一禅杖打下桥，一个被史进后心里一朴刀，"可怜两个强徒，化作南柯一梦"。

对瓦罐寺的老僧来说，恶人已死，这无疑是天大喜讯。从今往后，纵使瓦罐寺不能昔日重来再创辉煌，但再次吸引信众，小规模恢复从前的香火却完全有可能。几个面黄肌瘦的老僧，他们总算熬出头了。

然而，老僧们却没法看到这一幕了。这一幕，尽管他们曾经多次梦想过。鲁智深和史进打入寺里，他们看到，香积厨下，那几个偷偷摸摸煮粟米粥充饥的老僧，全都上吊自杀了。他们为什么要自杀？因为"只见智深输了去，怕崔道成、丘小乙来杀他"。

老僧们把瓦罐寺从大刹沦为废墟的秘密一五一十地告诉鲁智深，其实，他们对鲁智深有无本事打败崔、丘二人实在一无所知，但仍然坚持要告诉，不仅是为了保住那锅来之不易的粟米粥，更暗示了在崔、丘的淫威下，老僧们过得实在艰难，所以才铤而走险，把希望寄托在这个陌生的行脚僧人身上。

鲁智深被打出寺去，老僧们自知此举已严重得罪崔、丘，崔、丘一定会杀了他们，他们只好上吊了——左右都是一死，为什么他们要抢着自杀，而不是等崔、丘来收拾呢？这仅仅因为，他们明白，崔、丘不会让他们好死，一定会在杀死他们之前，让他们受尽折磨，生不如死。所以，趁着还有机会自杀，赶紧上吊吧。

这，也算好死。

鲁智深和史进离开瓦罐寺前，"灶前缚了两个火把，拨开火，炉炭上点着，焰腾腾的先烧着后面小屋，烧到门前；再缚几个火把，直来佛殿下后檐点着，烧起来"。

一场大火之后，松林里的古老寺庙化作一片白地。不用说，那几个老僧渐渐失去热量的遗体，也在烈火中化为灰烬。

他们和他们栖身了几十年的瓦罐寺，就像从来没有存在过一样。

这世界上，原本有许多人来过，但大抵都像从来没有存在过一样。

自古以来，或者说自从佛教传入东土以来，出家做和尚的，常常不是因为信仰的原因——当然出于这一原因的也有——更多的，常常是为生计所迫，比如鲁达，他原本好好地在老种经略相公手下做军官，有地位有身份，吃香的喝辣的。可一旦出于义愤打死了郑屠，流落江湖后，最好的去处就是出家为僧。再比如武松，在孟州犯下十几条人命的弥天大罪，官府图形索影，悬赏捉拿时，削发出家也是唯一出路。

那么，瓦罐寺的那几个老僧，他们又是为什么出家的呢？书中没有交代，我们尽可以猜测。他们已是风烛残年，大半辈子的光阴都在空门中消耗殆尽，已到了安享晚年的高龄。出家人无儿无女，也少欲望，他们的安享晚年，不过是有口热饭吃，有口热汤喝，有间能避风挡雨的僧舍，这要求实在卑微而简单，但居然也成了奢望。

佛祖欠这些念了一辈子佛的老僧一个公道。

做稳了的"小"和没做稳的"小"

有时候，底层人的要求其实非常卑微，卑微到了不值一提的地步。只要满足这点卑微的要求，他们就愿意逆来顺受。可是，有权力有能力欺负他们的人，却总是连这点最卑微的要求也不会答应。

一对五六十岁的夫妻，带着一个十八九岁的女儿，千里迢迢前往异乡投奔亲戚，这在安土重迁的宋代，不消说，乃是生计所迫，不得不背井离乡。非常要命的是，到了异乡，才得知他们要投奔的亲戚竟然搬走了。宛如晴天霹雳一般的噩耗，简直就是当头乱棒，把人打得不知所措。果然，那母亲"在客店里染病身故"，余下父亲与女儿两个，有家归不得，有亲无处投，"流落在此生受"。

这时候，有一个绰号叫镇关西，人称郑大官人的老板看上了女儿，要出三千贯钱讨她做"小"。对走投无路的父女来讲，这也是一条勉强可行的路。三千贯不是一个小数字，父亲拿了它，足以安身养老，或是自回老家；女儿做了郑大官人的"小"，从此就是郑大官人的人了，以后若生个一男半女，更算修成了正果。

这对进退失据的父女，就是金老和他的女儿金翠莲。因为金氏父女，几个月内，提辖鲁达变成逃犯鲁达，复又由逃犯鲁达变成和尚鲁智深。

流落渭州城的金老，无路可走之际，对镇关西的提亲，想必看到了一线生机——虽是做"小"，但他这种草根人家的女儿，能够给一个财主做"小"，也是很不错的选择。更何况，镇关西的文书里还写明了要给他三千贯钱呢。

然而，人心凶险，甚于虎狼。金老和金翠莲万万没想到的是，镇关西竟"虚钱实契"——答应的三千贯钱压根儿就没给金老，却在契约里写明已支付——一文不花地强娶了金翠莲，"要了奴家身体"。镇关西的正室，也就是金翠莲口中的"他家大娘子"，"好生利害"，金翠莲做"小""未及三个月"，大娘子便把她赶打出来。

镇关西的万恶就在于，他已经白白睡了金翠莲两个多月，既然你家正室不允许，把人家赶打出来，你理应放人一条生路。可他却向金家讨要他压根儿不曾给过的三千贯卖身钱。金氏父女"当初不曾得他一文，如今那讨钱来还他"，没办法，只好到酒楼里唱个小曲儿挣点散碎银两，小部分供父女俩过活，"将大半还他"。

假如镇关西给了金老三千贯钱，镇关西的大娘子也不那么母夜叉，那么，金老有了养老钱——虽然这钱是卖女儿得来

鲁提辖拳打镇关西

的；金翠莲有了安身之地——虽然这安身的前提是以色事人；这该当是一个相对比较圆满的结局。退一万步讲，即便镇关西虚钱实契，并没把三千贯钱给金老，但女儿有了依靠，做稳了"小"，也算解了燃眉之急。

现在，这"小"竟然没做稳，不仅没做稳，反而逼还那子虚乌有的三千贯卖身钱，难怪金氏父女要哭泣哀告。

有时候，底层人的要求其实非常卑微，卑微到了不值一提的地步。只要满足这点卑微的要求，他们就愿意逆来顺受。可是，有权力有能力欺负他们的人，却总是连这点最卑微的要求也不会答应。人性的恶，就在于这种强者通吃的斩尽杀绝。

经由鲁达之助，金氏父女得以离开渭州回东京。意外的是，几个月后，鲁达和金老却不期而遇——不是在渭州，也不是在东京，而是在此前对两人来说都很陌生、很边远的代州雁门县。宋代的雁门县，即今山西忻州代县。从鲁达与金老相识的渭州（宋代的渭州，治所在今甘肃平凉）到雁门，距离长达两千里。在只有牲口和人力可以依凭的年代，这是一段相当遥远的路途。金老不是盼着回老家东京吗？干吗千里迢迢跑到了地处边塞的雁门呢？

说穿了，是终于找到了一个让女儿做"小"的机会——这一回，金翠莲的小总算是做稳了。

鲁达不识字，流浪到雁门县，十字街头张贴着捉拿他的通缉令，他也凑上去，傻乎乎地看热闹。幸好，金老及时发现了他。从金老的举动看，老人家相当聪明，相当有社会经验。他拦腰抱住鲁达，大叫：张大哥，你如何在这里？这等于告诉旁人,面前这个粗鲁的大汉姓张,是他的老相识。

鲁达也奇怪金老缘何没回东京,而是现身雁门。金老给出的理由有两个:一是怕回东京,镇关西找上门来。不过,这理由很牵强。老大一个东京,镇关西即便找来,又如何找得到金老家门?二是在路上遇到一个老邻居,在雁门做买卖,金老父女就跟随邻居来了。跟随邻居的目的,是邻居认识雁门的一个大财主,"亏杀了他,就与老汉女儿做媒,结交此间一个大财主赵员外"——并非明媒正娶地嫁给这个人称赵员外的大财主,甚至连妾也不是,而是"养做外宅"。地位近似于做"小",比"小"更没名分。不过,金老父女很满意,因为,自此以后,"衣食丰足"。

做稳了"小",以色事人能解决父女俩的温饱——不仅是温饱,而是小康,竟或中产。之前在渭州,父女俩挤在客店里,卖唱讨口饭吃;如今在雁门,已是楼上楼下,还雇用了打杂的仆人和丫环。金翠莲的打扮,也是"浓妆艳裹"——做"小"的本质,说穿了就是以色事人。以色事人者,色驰而爱衰,金翠莲深谙此理,是以必须浓妆艳抹,以讨恩客欢心。几个月前在渭州酒楼上,鲁达看她是"蛾眉紧蹙,汪汪泪眼落珍珠;粉面低垂,细细香肌消玉雪";几个月后在雁门金宅再看,却是"脸堆三月娇花,眉扫初春嫩柳"。

以赵员外对鲁达的态度看,此人颇有几分江湖义气。可以肯定,金翠莲这一回真正找到了终生饭票,父女俩再也不用为吃穿发愁了。

如果说金翠莲曾经想做"小"而不得,后来终于做稳了

"小",那么,比她不幸,想做"小"而不得的女子却是更多。比如,被宋江杀死的阎婆惜。

金翠莲一家是到渭州投奔亲戚不得,滞留异乡死了妈;阎婆惜一家则是到郓城投奔亲戚不得,滞留异乡死了爹。与阎婆惜相比,一开始,金翠莲的命运还要悲惨。不仅死了妈,还被镇关西虚钱实契,"要了奴家的身子"。阎婆惜在郓城,至少没有地头蛇欺负她,反倒有个"做媒的王婆",热心肠地把她介绍给宋江——阎公死了,无钱安葬,阎婆便央王婆给女儿找个婆家。宋江虽是小吏,却向来乐善好施,"但有人来投奔他的,若高若低,无有不纳,……若要起身,尽力资助";"人问他求钱物,亦不推托。且好做方便,每每排难解纷,只是周全人性命。如常散施棺材药饵,济人贫苦,周人之急,扶人之困"。

果然,有及时雨之称的宋江,听王婆介绍了阎家苦楚,马上写张条子,让阎家到陈三郎铺子上取一口棺材;又拿出十两银子给阎婆,让她作日常用度。几句话下来,宋江差不多就拿出去相当于今天上万元钱。

宋江的豪爽多金,给阎婆留下了深刻印象。这个流落郓城的老妇人,外无期功强近之亲,内无应门五尺之僮,手中唯一拿得出手的就是她那"年方一十八岁,颇有些颜色""又会唱曲儿,省得诸般耍笑"的女儿阎婆惜了。如果能通过女儿与宋江攀上关系,阎婆就不仅可以渡过眼前的难关,而且往后余生,也找到了坚实依靠。

宋江其时已"年及三旬",按古人习惯,早该娶妻生子了。不过,据施耐庵先生说,梁山好汉都是"不娶妻室,终日里打熬筋骨"的，三十多岁的宋江依然还是单身王老五。当然，尽管宋江还没娶妻，阎婆也不敢幻想把女儿嫁给宋江作正室。因为，阎婆惜是行院——也就是妓院的娱乐工作者，出身下贱，宋江无论如何也不可能讨她做老婆，甚至做妾也不行，只能养作外宅，相当于今天的"包二奶"。

王婆受阎婆之托去提亲，"宋江初时不肯"，不过，也只半推半就了一番，还是同意了。做慈善，顺便捡到一个如花似玉的美少女，这导致了郓城县胥吏宋江的人生出现大转折。

宋江"就在县西巷内，讨了一所楼房，置办些家火什物，安顿了阎婆惜娘儿两个在那里居住"。初时，宋江应该对"长得好模样，又会唱曲儿，省得诸般耍笑"的阎婆惜是满意的，不然，也不会"没半月之间，打扮得阎婆惜满头珠翠，遍体金玉"，"连那婆子也有若干头面衣服，端的养的婆惜丰衣足食"。至此，阎婆惜似乎也与金翠莲一样，做稳了"小"。

然而，阎婆惜却要比金翠莲对生活多一份要求。一旦不愁衣食，她开始想要爱情。矮小的宋江不仅其貌不扬，并且，似乎也不解风情——用施耐庵为宋江掩饰的话说，"原来宋江是个好汉，只爱学使枪棒，于女色上不十分要紧"。偏偏就在此时，宋江把一个叫张文远的同事带到阎婆惜家吃酒，无意中就引狼入室。书上说，张文远"生得眉清目秀，齿红唇白"，"平昔只爱去三瓦两舍，飘蓬浮荡，学得一身风流俊俏，更兼品竹弹丝，无有不会"。总之，与宋江相比，张文远一表人才，情趣高雅，和阎婆惜有共同语言，终至从眉来眼去，发展到暗度陈仓。

虽然是"小"，是外宅，可毕竟还是自己的女人。换了其他人，必然愤怒。意外的是，被阎婆惜戴了绿帽子，宋江却只是自欺欺人地自我安慰："又不是我父母匹配的妻室，他若无心恋我，我没来由惹气做甚么。我只不上门便了。""自此有个月不去。阎婆累使人来请，宋江只推事故，不上门去"。

宋江不去阎家，阎婆惜乐得与张文远大胆偷情。"老娘自和张三过得好，谁奈烦采你。你不上门来，倒好！"但在阎婆看来，事情却很严重。她早就认定，"我娘儿两个下半世过活都靠着押司"，如今半路杀出个张文远，虽是女儿喜欢的风流小生，可他无法像宋江那样，将大把大把的银子供娘儿俩过活，一旦宋江不来，从此断了经济来源，岂不重蹈从前穷困潦倒的覆辙？

阎婆不得不亲自前往县衙找宋江，好说歹说，才把宋江拉到家里，指望他与女儿重归于好。然而，在青春少女阎婆惜心中，宋江虽有钱，虽是自己的恩人，可他没有爱情，爱情在小白脸张文远温柔的怀抱里。

十八岁的阎婆惜还不能明白母亲的一片苦心。她不仅冷落了宋江一晚，"那婆娘不脱衣裳，便上床去，自倚了绣枕，扭过身，朝里壁自睡了"。更过分的是，当她发现宋江遗落下的招文袋里有来自梁山泊的信件时，立即以此要挟宋江，要他答应三个条件才归还。

三个条件，前两个，对宋江来说不值一提：一是任他改嫁张文远；二是她头上戴的，身上穿的，家里使用的，"虽都是你办的"，也尽数与阎婆惜。唯有第三个条件，宋江没法答应。那就是晁盖送给他的一百两金子，"快把来与我"。这一百两金子，宋江只象征性收了一条，其余都让刘唐退了回去，他到哪里去拿一百两金子呢？一百两金子不比一百两银子，就算大手大脚的宋江，也要变卖家私才凑得齐。

阎婆惜不信，她讽刺宋江："公人见钱，如蝇子见血。他使人送金子与你，你岂有推了转去的，这话却似放屁。做公人的，那个猫儿不吃腥。阎罗王面前须没放回的鬼，你待瞒谁？"——阎婆惜只有十八岁，但在妓院服务的时间不短，大概见多了公人，而公人给她的印象就是无官不贪。她实在难以想象，世界上会有把别人送来的金子推却回去的公人——她不明白，宋江不是普通公人，而是黑白两道通吃的江湖大佬。

于是，悲剧发生了，阎婆惜花枝招展的生命在那个冷风吹拂的初秋清晨骤然凋落。

金翠莲的"小"做稳了，阎婆惜的"小"不仅没做稳，反而年纪轻轻就死于非命。表面看，当然是金翠莲忠诚于他的恩公赵员外，阎婆惜却水性杨花，一边吃着穿着用着宋江，一边与宋江的同事暗通款曲。甚至，在偶然拿住了宋江的把柄后苦苦相逼。

实则，金翠莲的温驯顺从也好，阎婆惜为了爱情的抗争也罢，都说明了一点：做稳了的"小"与没做稳的"小"，她们的命运都掌握在别人手里。对这些除了美貌就一无所有的草根女子来说，做得稳"小"或做不稳"小"，都不是她们自己能够决定的。她们只是那个赢家通吃时代不值一提的殉葬品。

政治篇

洪太尉：权力的任性

洪太尉在道人们再三劝说、警告下，仍然不管不顾地要打开伏魔殿以致放出妖魔，真的只是好奇吗？

《水浒传》的第一回，相当于全书引子，是以有的版本不叫第一回，叫楔子。楔子的作用，按词典说法，"一般用来点明正文或为正文作铺垫"。

这一回的回目，叫作《张天师祈禳瘟疫 洪太尉误走妖魔》。这一回的用意，则是想证明梁山泊一百单八将，全都上应星辰，被天师封禁地下，只因后人误把他们放出来，才有了"播乱三十六，纵横在山东"的动乱。这样写，无非是为了解释一切都是"天地之意，物理数定，谁敢违拗"。治也好，乱也好，杀人也好，被人杀也好，都是劫，都是数，都是命中注定。这种写法，符合中国传统小说的一贯做法：既然找不到治乱循环的因果，那就简单粗暴地把它推给渺不可知的天命吧。

误放妖魔的人叫洪信，职务是殿前太尉。《水浒传》里写了好几个太尉，各有各的特点。如果说高太尉奸恶，宿太尉忠厚，陈太尉软弱的话，那么，洪太尉就是固执。从固执的洪太尉身上，我们看到的，是权力的任性。

话说宋仁宗嘉祐三年——此时距梁山好汉啸聚山林还有五十多年，尚属北宋盛世，梁山好汉的父辈也才降生。这一年，京师瘟疫盛行，"民不聊生，伤损军民多矣"。按古人天人感应的观点，人间的灾难，是上天对国家大政的警告。所以，文彦博建议仁宗"释罪开恩，省刑薄税，以禳天灾"。仁宗是个勤政爱民的好皇帝，一一照办。没想到，瘟疫不仅没有平息，反而"转盛"。于是，仁宗又按范仲淹的建议，派人到江西信州龙虎山去请张天师到京城作法祈禳。

受仁宗之命前往龙虎山请张天师的人就是洪太尉。作为朝廷特使，洪太尉这趟差事并不轻松，甚至可以说相当辛苦。从开封到龙虎山，一路免不了舟车劳顿。为了表示心诚，他还得"从京师食素到此"，原本顿顿大鱼大肉，突然一连数十天不进荤腥，想必洪太尉也像在五台山当和尚的鲁智深那样，"口里淡出鸟来"。当然，和到了龙虎山后的遭遇相比，不得吃肉的折磨不值一提。

按洪太尉想法，到了龙虎山，见到张天师，把圣旨一读，他的工作就算大功告成。不料，在龙虎山下的上清宫，道众告诉他，天师"性好清高，倦于迎送"，压根儿就不住在上清宫，而是在山顶上的茅庵里修真养性。那，可否由天师的徒子徒孙把他请下山？天师手下告诉洪太尉，张天师"踪迹不定，未尝下山。贫道等如常亦难得见，怎生教人请得下来"！并提出，洪太尉必得"斋戒沐浴，更换布衣，休带从人，自背诏书，焚烧御香，步行上山礼拜，叩请天师"，"方许得见"。

这一提议，出乎洪太尉预料，他心中已有三分不爽。只因任务在身，没办法，只好如道士们说的那样，次日五更起床，淋浴后，"换了一身新鲜布衣，脚上穿上麻鞋草履，吃了素斋，取过丹诏，用黄罗包袱背在脊梁上，手里提着银手炉……纵步上山来"。此时，洪太尉心中已有五分不爽：堂堂朝廷大员，竟然脱下绫罗绸缎，身着布衣草鞋，从来肩不挑手不提，现在得自背包袱，手提银炉。

龙虎山山高谷深，"崎峻似峭，悬空似险"，洪太尉这种级别的官员，在寻常，出入都有八抬大轿的。他"行了一回，盘坡转径，揽葛攀藤，约莫走过了数个山头，三二里多路，看看脚酸腿软，正走不动"。这时，他的不爽已有七分，心中想道："我是朝廷贵官公子，在京师时重茵而卧，列鼎而食，尚兀自倦怠，何曾穿草鞋，走这般山路。"

又走了不到三五十步，正耸着肩膀喘着粗气，洪太尉听到山谷里吹来一阵风，风过处，"那松树背后奔雷也似吼一声，扑地跳出一个吊睛白额锦毛大虫来"。走山路至少不死人，突然跳出来一只大虫，洪太尉又不是武松，"吃了一惊，叫声'阿呀'，扑地望后便倒"。幸好，书中暗表，这老虎不过是张天师化身来考验他的，"那大虫望着洪太尉，左盘右旋，咆哮了一回，托地望后山坡下跳了去"。但洪太尉哪知内情，他倒在树根下，"唬的三十六个牙齿捉对儿厮打，那心头一似十五个吊桶，七上八落地响，浑身却如中风麻木，两腿一似斗败公鸡，口里连声叫苦"。此时的洪太尉,开始埋怨他的主子给他安排的这项差使:"皇帝御限,差俺来这里,教我受这场惊恐。"他心中的不爽,已有九分。

埋怨之际,"只觉那里又一阵风,吹得毒气直冲将来"。这一回,从竹林里蹿出来一条吊桶大小的巨蟒。巨蟒朝着洪太尉盘做一堆,张开巨口,吐出舌头,"喷那毒气在洪太尉脸上"。比之刚才的大虫,洪太尉更是惊恐,"三魂荡荡,七魄悠悠"。幸好,巨蟒和大虫一样,也是张天师化身考验洪太尉的。至此,洪太尉心中的不爽,已有十分。他虽然埋怨皇帝给他安排这趟苦差使,但再不爽,他也不敢向皇帝发作。既然不能向皇帝发作,那就只能向上清宫的道士发作。所以,他口里大骂道士:"叵耐无礼,戏弄下官,教俺受这般惊恐!若山上寻不见天师,下去和他别有话说。"

及后,洪太尉遇到一个道童,道童告诉他"山内毒虫猛兽极多,恐伤害了你性命"。洪太尉想起刚才的大虫和巨蟒,心有余悸,于是,也管不得并没见到张天师,"再寻旧路,奔下山来"。到了上清宫,十分不爽的洪太尉果然找道士们责问:"我是朝廷中贵官,如何教俺走得山路,吃了这般辛苦,争些儿送了性命!……尽是你这众道戏弄下官。"道士们告知洪太尉,大虫和巨蟒,其实都是张天师在试探你呢。那个道童,就是张天师本尊,他已前往东京了。

虽然受了一番惊险,累出一身臭汗,毕竟皇上派的差使完成了,洪太尉的不爽,暂时消了,"当日方丈内大排斋供,设宴饮酌"。觥筹交错之际,洪太尉也找回了朝廷贵官的尊严和排场。次日，道士们又请他游山观光。"许多人从跟随着，步行出方丈，前面两个道人引路，行至宫前宫后，看玩许多景致。"尽管不比在东京时出行，前有衙役开道，后有虞候压阵，但和昨日独自上山相比，已是不可同日而语。

然后，游玩到了伏魔殿。伏魔殿上面，"重重叠叠贴着许多封皮"，洪太尉很好奇，一个道士解释说，大唐时候，洞玄国师把魔王封锁在里面。每经一代天师，都要亲手在门上加一道封皮，"使其子子孙孙不敢妄开"。自洞玄国师到仁宗时，"经八九代祖师，誓不敢开"。就连锁，也是"用铜汁灌汁"。对此，洪太尉"心中惊怪"。

不过，洪太尉很好奇，要求道士："你且开门来，我看魔王甚么模样。"

道士谨遵历代天师命令，当然不开。

洪太尉昨日上山时的十分不爽，一下子就死灰复燃。况且，请张天师去东京的使命已经完成，那么，这些可恶的道士，竟以历代天师之令来阻止开一扇破门，简直就是没把本官放在眼里。所以，洪太尉断定道士们"妄生怪事，煽惑百姓良民，故意安排这等去处，假称锁镇魔王，显耀你们道术"。这是一个有罪推论，推论的证据来自洪太尉本人——他宣称，我读了"一鉴之书"，什么是一鉴之书呢？鉴通监，即国子监，也就是彼时的最高学府，里面的藏书，洪太尉自称全都读过，而所有的书里，"何曾见锁魔之法"？就是说，在我的视野和经验中没有的东西，如果有人说有，那就一定是骗局。这是洪太尉的逻辑。也是古往今来许多太尉的逻辑。

道士唯有"三回五次禀说,'此殿开不得,恐惹利害,有伤于人'"。

洪太尉昨日的十分不爽终于爆发了,他"大怒",指着道士们威胁说,你们若是不开,我回朝廷,第一告你们违抗圣旨,不让我见张天师;第二告你们假称锁镇魔王,煽惑军民百姓。然后,把你们"都追了度牒,刺配远恶军州受苦"。

洪太尉扬言要给道士们罗织的两条罪状,后一条虽说是捕风捉影,尚算事出有因;前一条则是毫无根据的捏造,盖洪太尉对昨天上山的受累受惊,一直怀恨在心,他不敢因之忌恨派他差使的皇帝,却可以把怒火发到这些普通的道士身上。

历代天师的权威和再三警告,都无法与太尉的权力抗衡。于是,道士们"惧怕太尉权势,只得唤几个火工道人来,先把封皮揭了,将铁锤打开大锁"。

大锁打开后,里面有一块碑,碑打倒后,下面有一块大青石板,大青石掘起后,露出一个万丈深浅的地穴——行动的每一步,道士们都苦苦相劝,然而洪太尉的反应总是"大怒",喝道:"你等道众,省得甚么!"按理,降妖伏魔,天师和他的徒子徒孙才是专业人员,但在一个骄傲固执的官员那里,得到的却是你懂什么的轻蔑回应。

地穴打开后,"那一声响亮过处,只见一道黑气,从穴里滚将出来,掀塌了半个殿角。那道黑气直冲上半天里,空中散作百十道金光,望四面八方去了"。

至此,包括洪太尉在内,所有在场的人都相信,历代天师没有骗他们，伏魔殿里，的确锁镇了魔王。现在，魔王被放出来了。刚才还牛气冲天的洪太尉一下子"目睁痴呆，罔知所措，面色如土"。

洪太尉问道人："走了的却是甚么妖魔？"

道人告诉他："此殿内镇锁着三十六员天罡星，七十二座地煞星，共是一百单八个魔君在里面。……如今太尉放他走了，怎生是好！他日必为后患。"

对自己惹下的弥天大祸，洪太尉"浑身冷汗，捉颤不住，急急收拾行李，引了从人，下山回京"。

路上，洪太尉做的第一件事就是吩咐从人，"教把走妖魔一节休说与外人知道"，因为，他害怕传到皇帝耳中，"知而见责"。干了坏事，一定要隐瞒，尤其是一定要瞒着自己的上司，这是封建官场源远流长的显规则。

洪太尉在道人们再三劝说、警告下，仍然不管不顾地要打开伏魔殿以致放出妖魔，真的只是好奇吗？

其实不然。好奇的比例，至多占一成。更大的原因，来自前日上山时的十分不爽。作为一个职位显赫的京官，洪太尉的龙虎山之行，不得不穿着布衣草鞋，独自拿着香炉爬山，路上还遭遇大虫和巨蟒，他早就生了一肚子气。当差使办完，道士们失去利用价值时，竟然还不听指示，洪太尉便勃然大怒，便通过强令开锁，以彰显他的权力。

权力就像一把刀，某些有权力的人握着这把刀，希望旁人看到他的刀，马上对他肃然起敬。不过，上山那天，握有权力之刀的洪太尉自我感觉没有得到应有的尊敬和重视。那么，他只能把刀抽出来——于是，他利用权力之刀威胁道人，如果不开锁，就把他们刺配远恶军州。

对洪太尉这样的官员来说，权力一定要使出来才爽快，就像屁必须放出来一样。不能憋，不愿憋，不想憋，除非迫不得已——比如前一天上山寻找张天师。后一天，洪太尉的权力之屁如愿以偿地放出来，其后果，就是几十年后纵横山东的梁山聚义。

所以，《水浒传》这楔子更像一个隐喻：任性的权力，不经意间就打开了潘多拉之盒。

《水浒传》里的皇帝

北宋的灭亡，亡得没有一点悬念；道君皇帝被金军押到北方坐井观天，一点也不值得同情。整个道君时代，不过是北宋历史的一点垃圾时间罢了。

1

自打宋江接管梁山泊大权后，这伙冲州撞府、杀人越货的绿林好汉，就宣称他们只反贪官，不反皇帝。为什么只反贪官，不反皇帝呢？因为，在他们的认知里，皇上是至圣至明的，只不过暂时被奸臣蒙蔽罢了。就连鲁智深都说："只今满朝文武，俱是奸臣，蒙蔽圣聪，就比俺的直裰染做皂了，洗杀怎得干净？"而在宋江看来，更是"今皇上至圣至明，只被奸臣闭塞，暂时昏昧"。

《水浒传》中的道君皇帝，与历史上真实的宋徽宗有些差异。历史上真实的宋徽宗，和小说中的道君皇帝比起来，是不折不扣的昏君，而小说中的道君皇帝，多少被作者罩上了一层温情脉脉的面纱，显得颇有人情味。不过，透过现象看本质，即便以小说中的道君皇帝的所作所为来看，他仍然是昏君，仍然要对天下大乱的现实负责。

2

第一，道君皇帝任人唯亲，毫无底线。

道君皇帝最宠信的人是谁？就是《水浒传》的头号反派高俅。高俅本是东京汴梁城"一个浮浪破落户子弟"，自小不务正业，"只好刺枪使棒"，"若论仁义礼智，信行忠良，却是不会"。这个破落户子弟有一项本领无人能敌，"踢得好脚气毬"。

高俅在东京，混得很恓惶。之前，他与做生铁生意的王员外的儿子狼狈为奸，"每日三瓦两舍，风花雪月"。放在今天，王员外的儿子愿意和高俅交朋友，愿意拿钱来两人一起吃喝嫖赌，高俅虽人品可耻，却并未犯法。宋朝则不同，王员外到开封府里告了一状，高俅竟被打了四十棍，赶出东京。高俅"无计奈何"，到临淮州投奔开赌场的柳大郎。三年后，大赦天下，重回东京。回东京干什么呢？柳大郎把他推荐给亲戚董将士。董将士是个药店老板，他知道高俅底细，"若是个志诚老实的人，可以容他在家出入，也教孩儿们学些好。他却是个帮闲的破落户，没信行的人……倘若留在家中，倒惹得孩儿们不学好"。于是，董将士把他推荐给小苏学士——书中没说小苏学士真名实姓，据有关史料记载，当是指我的四川老乡苏东坡。

小苏学士"知道高俅原是帮闲浮浪之人……我这里如何安着得他"？又将他推荐给王驸马。高俅名声太坏，董将士和小苏学士都不肯收留他，但这两人也十分厚道，都为他推荐了下家，并且，一个下家比一个下家好。

董将士是正正经经的商人，小苏学士是正正经经的文人，都不需要吃喝嫖赌件件精通的高俅帮闲，但王驸马用得着。所以，"一见小苏学士差人驰书送这高俅来，拜见了，便喜"。

活该高俅发迹。他在受王驸马之令送玉狮子到端王府时，正遇上端王和手下人踢球。那球，不偏不倚，滚到了高俅脚下，高俅一时技痒，"使个鸳鸯拐，踢还端王"。专业的技术，大概比今天的国足还强，端王一看，大喜。从此，便留在身边。"高俅自此遭际端王，每日跟着，寸步不离。"

两个月后，皇帝驾崩，无子，端王被迎立即位，即道君皇帝，也就是宋徽宗。

如果说做亲王的时候，端王不需要考虑国家大事，有的是时间和精力游乐的话，那么，做了"天下一人"的皇帝，理应勤政。但从高俅天天跟着他来看，很显然，道君皇帝对治国之事并不热心。

对这位会踢球的亲随，道君皇帝的宠信非同一般。他要提拔高俅。但在学而优则仕，要通过科考才能做官的时代，让高俅走读书入仕之路，既慢，高俅也没这本事。那只能做武官。不过，武官"但有战功，方可升迁"。高俅也不可能到边境上一刀一枪立功，同样是既慢，高俅也没这本事。

道君皇帝替他想好了——按理，皇帝是天下规则的制定者和监督者，但大多时候，他们却是规则的变通者和破坏者。道君皇帝"先教枢密院与你入名"，高俅就算是最高军事机关在职人员了，而事实上并不去上班，只是"随驾转迁"，平时还是跟在皇帝身边，干些帮闲的事儿。

朝中有人好做官，何况，朝中之人还是"天下一人"的皇帝呢。在道君皇帝的亲自安排下，"没半年时间，直抬举高俅做到殿帅府太尉职事"。宋代有殿帅，也有太尉，但没有殿帅府太尉。从书中描写看，这个职务，相当于大宋三军总部的总参谋长。一个没当过一天兵，没打过一次仗，仅陪皇帝踢踢球的不学无术的混混，几个月内，就从无家可归的帮闲，摇身一变为大宋军队的最高指挥官。道君皇帝不仅是任人唯亲，而且任人唯亲得毫无底线，毫无原则。

高俅任上干了些什么呢？为报私仇，逼走了王进；为儿子霸占部下妻子，逼反了林冲。以后，三次带兵进剿梁山，每一次都损兵折将。

3

第二，道君皇帝耽于酒色，荒于政事。

作为以天下养一人的皇帝，自古以来，帝王多欲，后宫里的女人，少则以百计，多则以万计。原本，老百姓一般不会也不敢置喙。甚至把这当作风流韵事，传为美谈。道君皇帝的过分在于，他不仅后宫里养着三千粉黛，还把手伸向民间。伸向民间也罢，还把包养第一大名妓李师师的绯闻搞得天下皆知，这就相当过分了。

宋江本在山东落草，从没到过京师，他居然也知道道君皇帝和李师师的故事，可见此事几乎是大宋王朝人所皆知的"基本国情"。

第七十二回里，宋江以看花灯为名，带着柴进、燕青等人进京，实则就是想走李师师的门路，通过伊人的枕头风促成招安。茶楼里，宋江指着李师师府邸问茶博士："前面角妓是谁家？"茶博士道："这是东京上厅行首，唤做李师师。间壁便是赵元奴家。"宋江道："莫不是和今上打得热的？"茶博士道："不可高声，耳目觉近。"茶博士的警告，证明不仅全国人民都知道今上和李师师的丑事，并且，官家也知道全国人民都知道，却又害怕全国人民议论，所以，到处都有做公的，一旦有人妄议，就可能拿到开封府去，脊杖四十，刺配远恶军州。

在封建时代，做一个称职的甚至仅仅是及格的皇帝并不容易。以政事来说，像清朝皇帝，凌晨四点起床，四点半开始批阅文件，一天至少两次以上召集大臣开会。道君皇帝呢，书中说，宋江等人元夜闹东京之后，"此时道君皇帝有一个月不曾临朝视事"。一个国家的最高决策者，懒到一个月不问政事，那他在干什么？可以想象，除了和高俅踢球、和蔡京探讨书画，就是沉溺酒色。

上梁不正下梁歪，在大宋王朝，上自皇帝，下到大臣，都是一群贪图享受的欲望兽。比如高俅亲征梁山泊，居然"选教坊司歌儿舞女三十余人，随军消遣"。

李师师为了接待宋江等人，告诉他说，明日官家驾幸上清宫，必然不来，"却请诸位到此，少叙三杯"。到了明日，宋江等人正和李师师喝得欢喜，道君皇帝却来了。他向李师师解释，"寡人今日幸上清宫方回，教太子在宣德楼赐万民御酒，令御弟在千步廊买市"——就是说，工作上的事，都安排给太子和兄弟，让他们去干，他呢，迫不及待要与李师师幽会。

　　值得一说的是，如果以皇帝身份正式出宫，必然因排场太大而引人围观。为方便道君皇帝随时性起到李师师家里"天地一家春"，宫中和李家，竟然挖了一条地道。

4

　　第三，道君皇帝治国无术，忠奸不辨。

　　身为皇帝，首要之义就是治国。然而，道君皇帝既耽于酒色，一个月也不上一回朝，国家大事交给谁？只能交给身边的臣子。

　　坦率地说，尽管朝廷里结党营私的奸臣占了大多数，但也还是有少数忠直的清流，比如太尉宿元景和御史大夫崔靖。

　　道君皇帝"一个月不曾临朝视事"后，好像想起自己是圣裁军政大事的皇帝，于是上了一次朝。朝堂上，商议如何对付梁山泊。崔靖的意见是，当下辽兵犯境，"各处军马遮掩不及"，若要起兵征伐梁山泊，"深为不便"，他建议"差一员大臣，直到梁山泊好言抚谕，招安来降，假此以敌辽兵，公私两便"——招安后利用梁山泊打辽国，这正是后来朝廷的操作方式，而其始作俑者，首个提出方案的人则是崔靖。对崔靖的建议，道君皇帝非常认可,当着众人表示:"卿言甚当,正合朕意。"

不想,招安一事,高俅、蔡京等人并不赞成,只是碍于"玉音已出"。故此,蔡京另派两个亲信跟随招安的陈太尉。到了梁山,两名亲信一口一声反贼,"在宋江前面指手划脚",引得梁山除宋江外,其余头领均极为愤怒,招安不成。

招安本系道君皇帝亲自拍板,纵使不成,也不应追究崔靖责任。但当蔡京将招安不成之事上奏时,道君皇帝大怒,"天子教拿崔靖送大理寺问罪"。就是说,在昏君那里,你积极出谋划策,事成了,固然是皇上圣明;事败了,却必须拿你当替罪羊。因为圣上是不可能错的,错的只能是臣子。

奇怪的是,崔靖如此轻而易举地下了狱,而本该下狱的奸臣们却毫发无损。比如,童贯带十万大军进剿梁山,被梁山连赢两阵,用蔡京的话说,童贯"折了许多军马,费了许多钱粮,又折了八路军官";及后,高俅出马,率十节度使和十三万大军亲征,更惨,不仅被梁山三次大败,就连高俅也做了俘虏,若不是宋江一心想招安,高俅必然被林冲手刃。高俅所率,乃大宋最精锐部队,然而,这支部队,最高首长带了歌儿舞女三十余人,"随军消遣";对其手下将领,出钱贿赂他的,"留在中军,虚功滥报";没有贿赂他的,"都充头哨出阵先锋";将领们则"于路上纵容军士,尽去村中纵横掳掠,黎民受害,非止一端";士兵"近山砍伐木植,人家搬掳门窗,搭盖窝铺,十分害民"。王师军纪如此,大宋的糜烂,艳若桃花。

童贯和高俅铩羽而归的消息,必须瞒住道君皇帝。于是,蔡京告知道君皇帝,童贯因"天气暑热,军士不伏水土",是以"权且罢战退兵"。道君皇帝不假思索地秒信了："似此炎热，再不复去矣。"

至于高俅，就像吴用推测的那样，"他折了许多军马，废了朝廷许多钱粮，回到京师，必然推病不出，朦胧奏过天子"。如何朦胧奏过天子，书中没写。不过，可以肯定的是，官军在他的亲自部署亲自指挥下败得如此惨烈彻底，道君皇帝是完全不知情的。所以，当燕青通过李师师这条特殊途径将实情告知时，天子听罢，便叹道："寡人怎知此事！童贯回京时奏说，军士不伏暑热，暂且收兵罢战。高俅回军奏道：病患不能征进，权且罢战回京。"

李师师本是个陪场凑趣、以色事人的青楼女子，可就连她也看出了大宋的严重困境——"陛下虽然圣明，身居九重，却被奸臣闭塞贤路"，并感叹："如之奈何？"面对大宋之问，道君皇帝的反应是"嗟叹不已"——当然，嗟叹之后，照例"与李师师上床同寝，共乐绸缪"。只要能共乐绸缪，几十万大军的灰飞烟灭，造反集团的冲州破府，统统不过小事一桩。

次日，道君皇帝难得地上了一回朝，问童贯进剿梁山情况，童贯继续之前天气暑热，暂缓进军的谎话。"天子大怒"，当众揭穿，并指责"汝这不才奸佞之臣。政不奏闻寡人，以致坏了国家大事"。

童贯损兵折将，欺君罔上，其过失——说过失其实轻了，应该叫罪恶，与提出合理化建议却没能起到预期效果的崔靖相比，要严重十倍也不止；但是，算不上犯了什么错的崔靖替道君皇帝背锅下狱，而对童贯的处分仅止于口头批评——"喝退一壁，童贯默默无言，退在一边。"——连检查都不用写，更不用深刻反省。

尤其耐人寻味的是，和童贯相比，高俅损失的兵马更多，本人也做了俘虏，童贯到底还被口头批评了一下，对高俅，道君皇帝提也未提，仿佛这件事从来就没发生过。

道君皇帝对三位大臣的完全不同的处分说明，崔靖只是一般官员，童贯是皇帝亲信，高俅是亲信中的亲信。

5

一个即将崩溃的王朝，一般来说，总是上有昏君、中有贪官，下有暴民。以《水浒传》所描绘的北宋末年现实来说，完全符合——道君皇帝是不折不扣的昏君，高俅、蔡京、童贯等一大批国之股肱是不折不扣的贪官，方腊集团、王庆集团、田虎集团和宋江集团的大小头领和数以十万计的喽啰都是不折不扣的暴民。一个正常时代，三者有其一，已属难以跨过的坎，更何况三者并行？雪上加霜的是，在昏君享乐、贪官弄权、暴民铤而走险的危亡时代，北边还有虎视眈眈的外敌。所以，北宋的灭亡，亡得没有一点悬念；道君皇帝被金军押到北方坐井观天，一点也不值得同情。整个道君时代，不过是北宋历史的一点垃圾时间罢了。

黄文炳：告密者的悲惨下场

在告密有功的年代，告密者们最擅长、最乐意的事就是无限夸大他人的罪恶，因为他人的罪恶越大，自己的功劳就越高，赏赐的骨头也就越多。

1

那年夏天，长江中下游赤日炎炎。

黄文炳老爷不顾暑气，大老远地带了礼物，驾一只快船渡过长江，去对岸的江州府拜访一位大人物。一位能改变他命运的大人物。

需要说明的是，由于施耐庵地理学得差，一不小心就把江州（今江西省九江市）和无为军（今安徽省无为市）弄成了隔江相望。这样，黄文炳才可能花一两个时辰就渡江而来。事实上，两地相距三百多公里，走高速公路都要四个小时车程呢。

黄文炳家住无为军，做过通判（宋制，通判与知州同领州事，地位低于知州，但有监察职权），此时赋闲在家。书上没说他为什么赋闲，比如是丁忧还是撤职。从施耐庵说他"虽读经书，却是阿谀谄佞之徒；心地褊窄，只要嫉贤妒能。胜己者害之，不如己者弃之，专在乡里害人"看，估计被撤职的可能性稍大一些。

为了东山再起，黄文炳必须抱一个大人物的大腿。这个大人物就是蔡九。蔡九不仅是江州知府，更重要的，他是当朝蔡太师的儿子，是货真价实的官二代、权二代。

可是，黄文炳和蔡九之间本没什么交情，再加上黄文炳也缺少银两去通关节，只好退而求其次，不时带点土特产到蔡九府上走动走动，请请安，帮帮闲，陪陪话，先混个脸熟。在人前喝了几口老酒，他就敢宣称："我的朋友蔡九知府，就是当朝蔡太师的公子……"

当然，真到了蔡九门前，黄文炳也清楚，人家不过把自己当成一条会摇尾巴的狗。这不，这个"天气暄热"的暑天，当他"买了些时新礼物"过江拜访时，正好遇到蔡府请客，他就连大门都不敢进。蔡九曾当面说过自己和他是"心腹之交"，可这是人家客气，平易近人呢。你要是当真，你就输了。

黄文炳在官场混了那么多年，这些小道理，他门儿清。

2

黄文炳不敢进蔡九知府大门，只好找个酒楼坐坐，吃杯闷酒。

一只蝴蝶在亚马孙河扇动翅膀，一周后会在美国的得克萨斯州引发一场龙卷风。

黄文炳到浔阳楼吃几杯闷酒，几天后，宋江不得不把屎尿泼在身上，假装害了失心疯。

这世界的联系就如此神奇，如此出其不意，这叫蝴蝶效应。

《水浒传》的读者应该都熟悉这个桥段：黄文炳时常到蔡九府上套近乎之时，正值宋江杀了阎婆惜刺配江州之日。虽是刺配的犯人，可由于他头上有江湖大佬的光环，口袋里有总也使不完的银子，刺配的日子也过得有滋有味——监狱看守李逵、监狱头目戴宗竟然都成了他最忠诚的马仔，把持一方的渔霸张横、张顺兄弟，以及江上做没本钱生意的李立、李俊，还有城郊揭阳镇上的富家公子穆弘、穆春，都是他刺配途中新收的小弟。总之，他虽然名为囚徒，事实上却是江州最有实力的黑老大。

一天，宋江去找戴宗、李逵吃酒，偏偏两人均不在，宋江只得独自喝了几杯。大家知道，宋江也算彼时的文艺青年，吃了酒，爱写几句不合时宜的东西。这不，他就要来笔墨，在酒楼墙上（相当于大宋朝的网上论坛）挥毫写下一词一诗：

自幼曾攻经史，长成亦有权谋。恰如猛虎卧荒丘，潜伏爪牙忍受。　　不幸刺文双颊，那堪配在江州。他年若得报冤仇，血染浔阳江口。

心在山东身在吴，飘蓬江海谩嗟吁。

他时若遂凌云志，敢笑黄巢不丈夫。

诗词明明白白地写在墙上，到江州这家地标酒楼喝酒的人也不在少数，可一直没人发觉有什么不对劲。或者即便发现了，

浔阳楼宋江吟反诗

也只付之一笑。毕竟，绝大多数正常人，都是不屑于当告密者，以陷害他人为乐的。

直到像猎犬一样敏感的黄文炳在那个酷热的暑天踱着方步走上酒楼。

3

黄文炳也是一个人喝酒，可他不像宋江那样，"不觉酒涌上来，潸然泪下，临风触目，感恨伤怀"，于是便要作诗，便要填词，做了填了，还要书写在白壁上，甚至还梦想以后发达了，"再来经过，重睹一番，以记岁月，想今日之苦"。

黄文炳不作诗不填词，他只是挨个看白壁上的题咏，一边看一边冷笑——黄文炳自视甚高，显是白壁上的作品难入他的法眼。及至看到宋江的《西江月》和四句诗，他的反应，书中有极为入微的刻画：

……正看到宋江题《西江月》词并所吟四句诗，大惊道："这个不是反诗！谁写在此？"后面却书道"郓城宋江作"五个大字。黄文炳再读道："自幼曾攻经史，长成亦有权谋。"冷笑道："这人自负不浅。"又读道："恰如猛虎卧荒丘，潜伏爪牙忍受。"黄文炳道："那厮也是个不依本分的人。"又读："不幸刺文双颊，那堪配在江州。"黄文炳道："也不是个高尚其志的人，看来只是个配军。"又读道："他年若得报冤仇，血染浔阳江口。"黄文炳道："这厮报仇兀谁？却要在此间报仇！量你是个配军，做得甚用！"又读诗道："心在山东身在吴，飘蓬江海谩嗟吁。"黄文炳道："这两句兀自可恕。"又读道："他时若遂凌云志，敢笑黄巢不丈夫。"黄文炳摇着头道："这厮无礼！他却要赛过黄巢，不谋反待怎地！"再看了"郓城宋江作"，黄文炳道："我也多曾闻这个名字。那人多管是个小吏。"便叫酒保来问道："作这两篇诗词，端的是何人题下在此？"酒保道："夜来一个人，独自吃了一瓶酒，醉后疏狂，写在这里。"黄文炳道："约莫甚么样人？"酒保道："面颊上有两行金印，多管是牢城营内人。生得黑矮肥胖。"黄文炳道："是了。"

一个告密者一旦发现可以告发的对象，就像窥阴症患者从门缝里看到隔壁老王与人私通一样快活。前通判黄文柄就是这种人。

他读了宋江的诗词，"就借笔砚，取幅纸来抄了，藏在身边"；并吩咐酒保"休要刮去了"。前者相当于截屏取证，后者相当于找论坛版主，先把帖子锁了。

次日，他又带了些土特产去拜访蔡九。黄文炳做事的老辣之处在于，他见了蔡九知府，并不是马上就向他告密，而是向他打听京师情况——蔡九知府既是蔡太师的公子，而蔡太师又是权倾朝野的大人物，如果先听听蔡九知府转达一下有关京师时局，再决定告密与否和如何告密，便是事半功倍了。

果然，蔡九知府说他爹写来的信上告诉他，司天监近日上奏称，"夜观天象，罡星照临吴楚分野之地"。在讲究天人合一的古人看来，天象预示着人间的祸福，而罡星照临，则意味着有"作耗之人"——作耗，即作乱；吴楚分野之地，正是蔡九知府治下的江州。此外，市井小儿还唱了四句童谣：耗国因家木，刀兵点水工。纵横三十六，播乱在山东。有鉴于此，蔡京特意写信给儿子，要他多加防备。

不过，蔡九知府乃是不折不扣的公子哥儿，对父亲的嘱托似乎并未放在心上。黄文炳听了蔡九知府的介绍，"寻思了半晌"，然后取出他所抄录的宋江的反诗，说，"不想却于此处"。意思是说，司天监所观天象和童谣所唱的谶语，都应在宋江身上——这种似乎证据分明的联系，一下子便把宋江置于死地。

蔡九知府看了诗词，虽也认为是反诗，但听说作者只是一个牢城营里犯罪的囚徒时，一下子不以为然：量这个配军，做得甚么。

眼看好不容易逮住的一个进身之阶，就要被大人物一句话否定，黄文炳急忙巧舌如簧，从民谣分析入手，句句上纲上线。

黄文炳分析说："'耗国因家木'，耗散国家钱粮的人，必是家头着个木字，明明是个宋字。第二句'刀兵点水工'，兴起刀兵之人，水边着个工字，明是个江字。这个人姓宋名江，又作下反诗，明是天数。"至于蔡九知府看不懂的"纵横三十六，播乱在山东"，黄文炳的解释是："或是六六之年，或是六六之数，'播乱在山东'，今郓城县正是山东地方。这四句谣言已都应了。"

蔡九知府听了，尚半信半疑："不知此间有这个人么？"黄文炳认为这个很简单，只要取牢城花名册一看即知——果然，今年五月新配到囚徒一名，郓城县宋江。

总而言之，在黄文炳眼中，蔡九轻视的这个低贱配军宋江，这个吟反诗的囚徒，就是朝廷大敌，就是阴谋颠覆大宋的反贼，他的诗词就是向朝廷悍然宣战的战书——宋江的罪行越重,相应地,作为告密者的黄文炳,他的功劳就越大,朝廷以后的封赏就越高。

接下来就是戴宗奉命捉拿宋江。戴宗向宋江建议:"你可披乱了头发,把尿屎泼在地上,就倒在里面,诈作风魔。我和众人来时,你便口里胡言乱语,只做失心风便好。"蔡九听了汇报,大概有些茫然,"正待要问缘故",黄文炳生怕蔡九知府放过宋江,这样,他的功劳也就化为太阳下的露珠,他"早在屏风背后转将出来",对知府道:"休信这话!本人作的诗词,写的笔迹,不是有风症的人,其中有诈。好歹只顾拿来,便走不动,扛也扛将来。"

及至宋江被抓来,果然一身恶臭,满嘴胡言,"蔡九知府看了,没做理会处"。又是黄文炳献计:询问牢营管理人员,此人是来时就风,还是近日才风?"若是来时风,便是真症候;若是近日才风,必是诈风。"

这一招果然厉害,牢城管理层虽然平日都与宋江吃酒吃肉,收受了宋江不少好处,可这紧急关头,谁也不敢替他遮掩。再加上宋江吃拷打不过,只得招道:"自不合一时酒后,误写反诗,别无主意。"

4

宋江就这样被黄文炳的火眼金睛识破并揪了出来,结束了他身为服刑人员,却天天饮酒作乐,并把监狱管理人员当作马仔的幸福生活。同时，更为重要的是，朝廷担心的天象示警和童谣谶语，也就此得到解决。如此大功，当然得立即报告朝廷。那一刻，黄文炳觉得他离复出做官只差一张薄薄的纸了。蔡九亲切地对他说："下官即日也要使人回家，书上就荐通判之功，使家尊面奏天子，早早升授富贵城池，去享荣华。"

面对即将到手的高官厚禄，黄文炳一方面向蔡九知府表忠心，"小生终身誓托门下，当衔环背鞍之报"，——是您蔡家给了我的官，我就是您蔡家的人了。另一方面，他可能也在心底沾沾自喜：幸亏俺老黄有一双明察秋毫的眼睛，才发现了这个贼配军的反骨，并识破了他装疯卖傻蒙混过关的小伎俩。

那么，黄文炳是不是真的爱大宋爱朝廷，才毅然决然去告密，并屡次揭穿宋江和戴宗的阴谋呢？我以为可疑得很。因为施耐庵说了，黄文炳一心想的就是如何复出，如何找一座富贵城池，去享荣华。

因而，他的告密，不过是以陷害他人为手段，一方面展示自己的才干，一方面好让蔡九有机会向朝廷推荐自己。——朝廷若表彰此事，第一功臣当然是蔡九，蔡九得了好处，必然投桃报李，他也就雨露均沾了。

翻翻史书，你就会发现，历朝历代，总有些怀着各种不可告人目的，自我设定最爱朝廷而把他人都视为朝廷反贼的家伙，黄文炳只是其中一个。

在告密有功的年代，告密者们最擅长、最乐意的事就是无限夸大他人的罪恶，因为他人的罪恶越大，自己的功劳就越高，赏赐的骨头也就越多。

老实说，与蔡九知府这个公子哥儿相比，黄文炳的能力要强得多。不是黄文炳，蔡九哪怕亲自到浔阳楼读了反诗，也不会一查到底，至于宋江装作失心疯，更是早就把蔡九骗得团团转了。

但是，能力虽然秒杀蔡九，可黄文炳只能投靠蔡九而不是蔡九投靠黄文炳，仅仅因为，蔡九的血统比出身于无为军这个乡野去处的黄文炳天生更高贵。

为了从高贵家族分得一杯羹，出身平凡的黄文炳只能踩着宋江这种更平凡的人往上爬。只是，他没想到他会为这杯并没到手的羹而惨死。正是：机关算尽太聪明，反误了卿卿性命。

5

宋江吟反诗下狱，戴宗到梁山求救，后来，又因吴用疏漏，造成宋江与戴宗一起绑赴刑场。如果不是梁山好汉从天而降，二人早已做了刀下之鬼。当然，这只是施耐庵的小说家言。

那么，如果真的在宋朝写一首反诗，会不会被杀头呢？

历史上，还真有这样一个例子。

宋仁宗时，四川一个老秀才向成都知府上了首诗。其中有云：把断剑门烧栈道，西川别是一乾坤。什么意思呢？就是煽动成都知府割据称王。成都知府读后，大惊失色，立即把秀才捉拿并报告皇帝。宋仁宗却满不在乎地说，他不过是多年应试不第，想当官罢了。可任命他到边远州县做个小官吧。

写反诗煽动分裂，其结果不是绳之以法，而是意外地得到一个官职，虽然小，也是官。你当然可以说这是小概率事件，可其他朝代为什么没出现这种小概率事件呢？你要是在明朝、清朝写一首这样的诗试试看，你就知道朝廷的王法有多么威严了。

施耐庵就生活在明朝，他所写的水浒英雄则生活于宋朝。施耐庵写黄文炳之流的告密者，写朝廷对因言获罪者的从重从快处理，其实不过是以古喻今，让宋朝背明朝的锅。

毕竟，施耐庵也怕像宋江那样被抓去杀头，他可没有江湖兄弟来劫法场。

6

作为告密者，黄文炳的结局惨得一塌糊涂。

晁盖等人劫了法场，从刀口下救出宋江。宋江智取无为军，以黄文炳的哥哥家发生为火灾为名，骗开黄文炳家门。"晁盖、宋江等呐声喊，杀将入去。众好汉亦各动手，见一个，杀一个，见两个，杀一双，把黄文炳一门内外大小四五十口，尽皆杀了，不留一人。"其时，黄文炳因在江对岸的蔡九府上，故而梁山好汉"只不见了文炳一个"。

然而，黄文炳还是没能躲过从天而降的大祸。他隔江看到无为军失火，很为家小担心，于是辞别蔡九，坐船回家——他不知道，这正是宋江的调虎离山之计。船到江心，黄文炳被浪里白跳张顺活捉。

此时的黄文炳一定后悔了——倒不是后悔充当告密者，而是后悔他所投靠的蔡九着实扶不上墙，那么大一座州城，竟然

张顺活捉黄文柄

让几十个草寇给打下来，活活把犯人从鬼头刀下抢走。如果顺利处死了宋江，哪还有如今的后祸呢？

愿赌服输。做了俘虏，任人宰割的黄文炳被宋江剥了湿衣服，绑在柳树上。宋江指着黄文炳大骂："你这厮，我与你往日无冤，近日无仇，你如何只要害我？三回五次，教唆蔡九知府杀我两个。你既读圣贤之书，如何要做这等毒害的事？我又不与你有杀父之仇，你如何定要谋我？你哥哥黄文烨与你这厮一母所生，他怎恁般修善，扶危济困，救贫拔苦？久闻你那城中都称他做黄佛子，我昨夜分毫不曾侵犯他。你这厮在乡中只是害人，交结权势之人，浸润官长，欺压良善。胜如你的你便要妒他，不如你的你又要害他。我知道无为军人民都叫你做黄蜂刺，我今日且替你拔了这个'刺'！"

面对宋江的痛骂，黄文炳的回答是："小人已知过失，只求早死。"——听起来，也还不失为一条光棍。至少，他就像我老家俗话说的那样：袍哥人家，做得就受得。

服侍他的是梁山最冷酷的杀手李逵。宋江问众人："哪个兄弟替我下手？"——宋江虽然对黄文炳恨之入骨，但杀人，尤其是用残忍方式杀人这种脏活，他还是不会亲自动手的。只见黑旋风李逵跳起身来说道："我与哥哥动手割这厮。我看他肥胖了，倒好烧吃。"——李逵貌似粗鲁，其实也有细腻的时候。比如他知道公明哥哥极恨黄文炳，那就不能让黄文炳死得痛快。因此，一刀一刀将他割了，再吃了他的肉，公明哥哥一定会更解气。这样，被绑在树上的黄文炳便成了一堆新鲜食材，李逵"便把尖刀先从腿上割起，拣好的就当面炭火上炙来下酒，割一块,炙一块。无片时,割了黄文炳。李逵方才把刀割开胸膛,取出心肝,把来与众头领做醒酒汤"。

告密者黄文炳全家死于非命,蔡九却照旧做他的太平官,继续捞银子,打板子,讨女子,听曲子。

蔡九知府也知道,死了一个黄文炳,门外还有若干张文炳李文炳排队而来,他们都有狗一般灵敏的鼻子,善于嗅出空气中的反骨,兴冲冲地前来邀功请赏。

因为,他们都有一个飞黄腾达的梦想,都想踩着别人的头顶往上爬。哪怕有黄文炳这个惨痛的前车之覆,也不能阻止后车的蜂拥而前。

大宋朝的司法有多黑

司法有多黑暗，世道就有多险恶。因为，司法的黑暗，它对应的是官场的腐败、道德的沦丧、人心的趋恶和社会的动荡。

1

那一年，大宋王朝首都东京汴梁开封府的孔目（孔目本是掌文书簿记图籍的属吏，但依《水浒传》的小说家言，则是州府里掌管狱讼案件的法官）孙定接手了一桩领导交办的案子。两个领导，一小一大，小的是开封府尹，大的是殿帅府太尉高俅。大领导交给小领导，小领导再交给孙孔目。

其实，作为大宋首都最高长官的开封府尹，已经是高官了。只不过，与把持朝政，深得道君皇帝宠信的高太尉相比，还是略次一些罢了。

按理，既然是两个领导交办的案件，孙孔目只要照办就行——我敢打赌,换了你,也不想自找没趣,竟然要逆了领导旨意行事。

可孙孔目好像和潜规则有仇,硬要找顶头上司开封府尹理论。

府尹也知道这是一桩冤案,但官大一级压死人;再说,他在官场上混了这么多年,好不容易混到这级别,以后还指望升迁呢,岂能轻易得罪圣上眼中的第一亲信、第一红人高太尉?

府尹认为,高太尉要以"手执利刃,故入节堂,杀害本官"的罪名判处他手下的八十万禁军教头林冲死刑,我们能有什么办法?我们只能按领导意思办嘛。林冲做了冤鬼,自找高俅,关我何事?

孙孔目听了却连连冷笑:我看这开封府不是朝廷的,是高太尉家的。

话说得很难听,府尹不高兴了,喝道:胡说!

孙孔目却继续冷笑:谁不知高太尉当权,倚势豪强,更兼他府里无般不做。但有人小小触犯,便发来开封府,要杀便杀,要剐便剐,却不是他家官府?

孙孔目所说俱是事实,府尹想必也为此心中有气。于是,他这才转变态度,问:据你说时,林冲事怎的方便他,施行断遣?

孙孔目说:看林冲口词是个无罪的人,只是没拿那两个承局处。如今着他招认做不合腰悬利刃,误入节堂。脊杖二十,刺配远恶军州。

尔后,府尹"自去高太尉面前再三禀说林冲口词。高俅情知理短,又碍府尹,只得准了"。

可以说,正是孙孔目的正直敢言,也多亏开封府尹还没完全丧尽天良,《水浒传》里最英雄也最悲情的林冲才没有成为被合法处死的冤鬼。

2

《水浒传》的故事,其时间背景是宋徽宗年间,其时,距北宋的灭亡已经近在眉睫了。那个时代,是名副其实的末世。

关于末世,我以为有两个人说得好。

一个是吴敬梓,他在《儒林外史》第五十五回里说晚明"花坛酒社,都没有那些才俊之人;礼乐文章,也不见那些贤人讲究。论出处,不过得手的就是才能,失意的就是愚拙;论豪侠,不过有余的就会奢华,不足的就见萧索。凭你有李、杜的文章,颜、曾的品行,却是也没有一个人来问你"。

另一是龚自珍,他的悲愤与悲痛更甚,《尊隐》一文写道:"日之将夕,悲风骤至,人思灯烛,惨惨目光,吸饮莫气,与梦为邻,未即于床。"

梁山一百单八位好汉中,真正意识到身处末世的并不多。鲁智深算一个。他虽是个一字不识的大老粗,却颇有慧眼。他说:"只今满朝文武,多是奸邪,蒙蔽圣聪,就比俺的直裰染做皂了,洗杀怎得干净?"

在鲁智深看来,大宋的现实就是庙堂之上,朽木为官;殿陛之间,禽兽食禄。不过,他还是替皇帝留了点面子——皇帝还是圣明的，只不过受了奸臣蒙蔽嘛。

宋徽宗时期的大宋，国运早就日落西山，外则辽金虎视，内则奸臣当道。内外交困之际，道君皇帝仍然做他的太平天子，沉溺书画金石，热衷园林古玩，醉心歌儿舞女，弄得多少百姓家破人亡，妻离子散。

这些暂且略过不提，单表一点，那就是步入末世的北宋，仅其司法的黑暗就已然到了令人窒息、绝望的地步。

司法有多黑暗，世道就有多险恶。因为，司法的黑暗，它对应的是官场的腐败、道德的沦丧、人心的趋恶和社会的动荡。

3

第一，司法成为官员作恶的利器。

高俅陷害林冲便是最典型也最显著的例子。仅仅因为干儿子喜欢下属的老婆，身为国之重臣的高俅竟下套构陷林冲，必欲置之死地而后快。误入白虎节堂后，如前文所述，若非孙孔目这种浊世清流出手相助，林冲肯定会被合法地处死。林冲由死刑改为刺配，并非司法公正的结果，而是司法人员中还有硕果仅存的良知未泯灭者在起作用——当然，这作用很有限。不然，就应该宣判林冲无罪，并将他无罪释放。

梁山好汉中，柴进是特权人物，因祖上禅让之功，他是拥有铁券丹书的世袭贵族。出场前，作者就借店主之口道出了他的牛气劲儿："你不知俺这村中有个大财主，姓柴名进，此间称为柴大官人，江湖上都唤做小旋风，他是大周柴世宗子孙。

自陈桥让位，太祖武德皇帝赐与他誓书铁券在家中，谁敢欺负他？专一招集天下往来的好汉，三五十个养在家中。"

宋江杀了阎婆惜，与兄弟宋清流落江湖，前往沧州投奔柴进，柴进曾向宋江夸口说："兄长放心。遮莫做下十大罪恶，既到敝庄，但不用忧心。不是柴进夸口，任他捕盗官军，不敢正眼儿觑着小庄。"又说："兄长放心，便杀了朝廷的命官，劫了府库的财物，柴进也敢藏在庄里。"

但是，柴大官人高估了铁券丹书的力量。他这个没落的世袭贵族，无论曾有过多么高贵的血统，多么炙手可热的权力，还是明显干不过人家新兴贵族。

柴进的叔父柴皇城所居的高唐州，知府叫高廉，乃是高俅的叔伯兄弟，"倚仗他哥哥势要，在这里无所不为"。

高廉倚仗堂哥高俅的势要，更有一人则倚仗高廉的势要，这便是高廉的妻舅殷天锡——权力恰似一条闭环的铁链，一环紧扣一环，牵一发而动全身。殷天锡年纪虽小，"倚仗他姐夫高廉的权势，在此间横行害人"。如何横行害人呢？柴皇城家里有个花园水亭，盖造得好，"那厮带将许多诈奸不及的三二十人，径入家里，来宅子后看了，便要发遣我们出去，他要来住"。

这就好比你买了一座别墅，某个官员的小舅子看中了，带人来喊你赶紧搬出去，他要来住。这，不仅蛮横，而且荒唐。

柴皇城当然不肯，他告诉殷天锡说："我家是金枝玉叶，有先朝丹书铁券在门，诸人不许欺侮。你如何敢夺占我的住宅？赶我老小那里去？"殷天锡却"不容所言"，一定要把柴皇城

小旋风柴进

一家赶出去。柴皇城上前制止,"反被这厮推抢殴打,因此受这口气,一卧不起,饮食不吃,服药无效,眼见得上天远,入地近"。

对殷天锡仗着权势而干出的强盗恶行,最初,柴进是相信大宋法律的。当李逵跳将起来说:"这厮好无道理!我有大斧在这里,教他吃我几斧,却再商量。"柴进忙劝阻说:"他虽是倚势欺人,我家放着有护持圣旨。这里和他理论不得,须是京师也有大似他的,放着明明的条例,和他打官司。"

事实证明,柴进未免过于相信大宋法律——虽然他本人就是一个不断违反法律的凌驾于法律之上的特权者。

柴皇城因被殷天锡殴打,抑郁而死,"一门穿了重孝,大小举哀"。至第三天,殷天锡又带了三二十个人前来,勒令柴进三日之内搬走。柴进忙于丧事,不想和他理论,便说:"叔叔卧病,不敢移动。夜来已自身故,待断七了搬出去。"殷天锡却骂道:"放屁!我只限你三日,便要出屋!三日外不搬,先把你这厮枷号起,先吃我一百讯棍。"

——你叔叔有一处大别墅,被某个级别其实并不算高的官员的小舅子看上了,要你叔叔无偿搬出去,把大别墅让给他。你叔叔不肯,便被一阵毒打。你叔叔含恨去世,尚在全家举哀办丧事,他又上门勒令你搬走,你哀求说把叔叔的丧事办完再搬吧。他下最后通牒,只给你三天时间,否则就把你抓进去。

这种在法治时代听起来异常荒谬的事情,可它就在号称太平世界的大宋发生了。柴进也是有地位、有身份且见过世面的人,他提醒殷天锡,我并非普通平头百姓。"我家也是龙子龙孙,放着先朝丹书铁券,谁敢不敬?"可是,他这个柴家的龙子龙孙,在赵家人面前,早就贬值了。殷天锡要他把丹书铁券拿出来看,柴进说放在沧州家里,已派人去拿。殷天锡的反应是"大怒",声称:"便有誓书铁券,我也不怕!"为了证明他不怕,立即下令手下:"与我打这厮!"

前朝龙子龙孙的身份,不能保证柴皇城的花园不被抢占;丹书铁券的圣旨护佑,也不能让殷天锡略有敬畏。眼看柴进就要如同叔父柴皇城那样惨遭毒打时,"黑旋风李逵在门缝里都看见,听得喝打柴进,便拽开房门,大吼一声,直抢到马边,早把殷天锡揪下马来,一拳打翻。那二三十人却待抢他,被李逵手起,早打倒五六个,一哄都走了。李逵拿殷天锡提起来,拳头脚尖一发上,柴进那里劝得住。看那殷天锡时,"呜呼哀哉,伏惟尚飨"。

想当初,宋太祖赵匡胤趁柴世宗去世,柴氏孤儿寡母主持国政之际,陈桥兵变,黄袍加身,夺了人家江山,自觉内心有愧——比起那些夺了人家江山却自感正义爆棚的人来说,这内心有愧确也见出了他的相对仁慈——便下旨宣布,要求他的后人善待柴氏子孙,有罪不得加刑,纵犯谋逆,止于狱内赐尽,不得市曹刑戮,亦不得连坐支属。就是说,柴家后人,只要不是图谋造反夺位,哪怕杀人放火,也不得追究。纵然谋反,也只需狱中自尽,留个全尸。并且,不搞株连。

时过境迁,从宋太祖到宋徽宗,一百多年过去了,播下的是龙种,收获的是跳蚤。宋太祖钦定的法律,在一百多年后的一个地方官眼中,也不过是一纸空文。所以,要为小舅子报仇的高廉下令"左右，腕头加力，好生痛打"。"众人下手，把柴进打得皮开肉绽，鲜血迸流，只得招做'使令庄客李大打死殷天锡'。取面二十五斤死囚枷钉了，发下牢里监收。"至于柴皇城那座惹来弥天大祸的精美宅子，"这殷夫人要与兄弟报仇，教丈夫高廉抄扎了柴皇城家私，监禁下人口，占住了房屋园院"。

及后，倘不是梁山出兵打下高唐州，柴进必然冤死黑牢。

与养尊处优的柴大官人相比，粗人李逵对世道的认识反而更清醒。这黑厮大约小牢子（监狱看守）当久了，见识了太多黑暗之事，他对大宋法律的领悟，远比柴进深刻得多。柴进表示要和殷天锡打官司时，他说："条例，条例，若还依得，天下不乱了。我只是前打后商量。"是时的大宋，当然颁布有若干看上去很正义很正点也很正经的条例，可惜在官员们实际操作中早就成了变形金刚，以至李逵这样的江湖好汉，也深知这些法律的虚伪可笑。

换句话说，大宋的司法，只是强权者用来斩杀弱势者的尚方剑，绝不是弱势者用来躲避不法侵犯的挡箭牌。

无论高俅害林冲还是高廉害柴进，其实，大家都知道他们法律外衣下的伎俩，他们也知道大家都知道他们的伎俩，可他们仍然干得就像大家完全不知道一样，这不是自欺欺人，而是明目张胆地满不在乎。

4

第二，司法成为司法人员捞钱的路子。

《水浒传》一再写到大宋朝的司法人员，尤其是监狱系统的，比如牢城的管营、节级和差拨。

如果说高俅之流害人，有时候还要找个理由或是设个局的话，那么，这些小官小吏已经撕下了一切伪装或者说不屑于任何伪装。司法权，不过是赤裸裸的捞钱利器。

林冲到了沧州牢城，其他犯人都来提醒："此间管营、差拨十分害人，只是要诈人钱物。若有人情钱物，送与他时，便觑得你好。若是无钱，将你撇在土牢里，求生不生，求死不死。"尤其是，书中所谓按太祖武德皇帝当年立下的规矩，凡是囚徒到了牢城，先要打一百杀威棒。这一百杀威棒到底要不要打，是立即打还是以后打，是认真打还是走走过场，其自由裁量权均属牢城官员。因此，其他犯人告诉林冲，牢城官员"若得了人情，入门便不打你一百杀威棒，只说有病，把来寄下；若不得人情时，这一百棒打得七死八活"。

果然，差拨一会儿就来了。林冲还没来得及把银子掏出来，那厮便"变了面皮"，迫不及待地破口大骂："你这个贼配军，见我如何不下拜？却来唱喏！你这厮可知在东京做出事来，见我还是大剌剌的。我看这贼配军，满脸都是饿纹，一世也不发迹。打不死，拷不杀的顽囚！你这把贼骨头，好歹落在我手里，教你粉身碎骨。"

及至林冲把银子呈上，差拨变脸比夏日里变天还快，看着林冲笑道："林教头，我也闻你的好名字。端的是个好男子。想必是高太尉陷害你了。虽然目下受苦，久后必然发迹。据你的大名，这表人物，必不是等闲之人，久后必做大官。"

等到林冲又取出柴进的书信，差拨的笑容应该更灿烂了，说："既有柴大官人的书，烦恼做甚？这一封书直一锭金子。我一面与你下书，少间管营来点你，要打一百杀威棒时，你便只说你一路患病，未曾痊愈。我自来与你支吾，要瞒生人的眼目。"

差拨走了，可怜的林冲长长地叹了一口气，自语道："有钱可以通神，此语不差。端的有这般的苦处。"

钱既然可以通神，开国皇帝的规矩也就不妨让一让路。林冲那一百杀威棒，找了个路上生病的理由求免，从监狱一把手到手下办事人员，尽是拿了林冲银子的，自然一齐说情。杀威棒不打了，派去看守天王堂，早晚只烧香扫地。甚至，就连项上枷锁，也在"取三二两银子与差拨"后，"就将枷也开了"。此后，"那管营、差拨得了贿赂，日久情熟，由他自在，亦不来拘管他"。

如果说沧州牢城的管营等一干人不过浊世俗吏，吃相如此难看也不足为奇的话，那么，纵使后来成为梁山重要人物的戴宗，虽然顶着天罡星的光环，可他在管理江州牢城时，和他的沧州同行也并无两样。

其时，宋江发配江州，故意没按惯例送钱与戴宗。戴宗径直找上门来，骂道："你这黑矮杀才！倚仗谁的势要，不送常例钱来与我？"宋江因有吴用书信，自不用怕，还故意戏要戴宗，声称："人情人情，在人情愿。你如何逼取人财？好小哉相！"

戴宗却不知究竟，闻言勃然大怒，喝骂："贼配军，安敢如此无礼，颠倒说我小哉！那兜驮的，与我背起来，且打这厮一百讯棍！"周围看热闹的牢城小吏，都使了宋江的钱，看

神行太保戴宗

到戴宗要打宋江,"一哄都走了"。戴宗"肚里越怒,拿起讯棍",亲自动手打宋江。宋江问他,你要打我,我得何罪?

戴宗的回答牛得经典:"你这贼配军,是我手里行货,轻咳嗽便是罪过。我要结果你也不难,只似打杀一只苍蝇。"

在戴宗们这样的大宋执法者眼里,流放而来的犯人,不过是手中可以变现的行货。倘不能如其所愿,那纵然只是轻轻咳嗽了一声,也犯下了天大的罪过。弄死这样一个"行货",不过是打杀一只苍蝇。

这种前提下,有钱自然法外施仁,像林冲那样由他自在;若是无钱行贿,杀威棒不仅难免,即或侥幸不死,也是"从早起直做到晚,尚不饶他"。

大宋朝这些官吏们的本质,被宋江怒杀的阎婆惜总结得最到位:"公人见钱,如蝇子见血。……做公人的,那个猫儿不吃腥。"

5

第三,法律不过是官员手里的变形金刚,随心所欲,为己所用。

在大宋,法律与公平公正无关——除非偶有一两个像孙孔目和叶孔目那样的浊世清流;绝大多数官吏驾轻就熟地玩弄法律于股掌。

宋江因黄金之争,一怒之下杀死阎婆惜。阎婆"推开房门看时,只见血泊里挺着尸首"。这个老妇人,失去了世上唯一的亲人，内心的愤怒与悲伤可想而知。不过，她大抵担心叫嚷起来，宋江把她一并杀了灭口。于是，假意顺从宋江，声称只要宋江养赡她，她便不予追究。宋江信以为真，两人一起上街去买棺材。及至走到县衙门前，阎婆"把宋江一把结住，发喊叫道：'有杀人贼在这里！'吓得宋江慌做一团，连忙掩住口道：'不要叫！'那里掩得住"。

县衙前有几个公人，听到有人喊杀人贼，急忙围了过来，但一看是宋江，也不管阎婆喊的是真是假，都劝她："婆子闭嘴。押司不是这般的人，有事只消得好说。"阎婆再次声明，宋江就是凶手，并强烈要求公人将他捉住，一同到县里报案。然而，只因"宋江为人最好，上下爱敬，满县人没一个不让他。因此做公的都不肯下手拿他，又不信这婆子说"。

这时，一个时常受宋江小恩小惠的小贩唐牛儿路过，偏偏前一天晚上，唐牛儿去找宋江时，被阎婆惜一番臭骂。"唐牛儿见是阎婆一把扭结住宋江，想起昨夜的一肚子鸟气来"，他也不问青红皂白，上前大骂阎婆，"叉开五指，去阎婆脸上只一掌，打个满天星"。——趁半路杀出个唐牛儿之机，宋江成功地逃跑了。

"众做公的只碍宋江面皮，不肯动手，拿唐牛儿时，须不担阁。"唐牛儿本不知情，与宋江杀阎婆惜毫无关系。但是，知县"和宋江最好，有心要出脱他"。要为宋江开脱，就得另找顶罪的。这个顶罪的，唐牛儿简直就是天赐之物。尽管唐牛儿供道："小人并不知前后。"知县却"只把唐牛儿再三推问"，并下结论说："你这厮如何隔夜去他家闹？以定是你杀了。"唐牛儿没

宋江怒杀阎婆惜

杀人，自然不承认。知县便下令刑讯逼供，"左右两边狼虎一般公人，把这唐牛儿一索捆翻了，打到三五十"。幸好，一则唐牛儿身强体壮，二则知道无论如何也不能承认杀人，是以才没屈打成招。知县本人"明知他不知情"，但"一心要救宋江，只把他来勘问"。

如果不是阎婆惜的相好张文远要捉拿宋江为她报仇，唐牛儿总有挺不住刑讯逼供的那一天，诚如是，一起标准的冤假错案将新鲜问世。

前面说过，流放犯人到了牢城，先打一百杀威棒。林冲和宋江有钱有关系，自然都没打。

武松到了沧州，既没钱也没人，还要硬充好汉，眼见得就要打死在棒下。天可怜见，站在管营背后的管营公子施恩看中了他，想借他重夺快活林。

于是，管营主动替武松找台阶下，暗示他自称有病。武松却像个二百五，坚称没病。管营又说他脸色不好，杀威棒暂时不打了。武松不知好歹，偏要当场就打。管营只好笑道："想是这汉子多害热病了，不曾出汗，故出狂言。不要听他，且把去禁在单身房里。"

试想，若不是施恩，便有十个武松也死在杀威棒下了。

大宋司法的弹性、荒谬与可笑，可略见一斑矣。

6

第四，各色人等早就对司法公正失去了信心，法律早就失去了公信力和威慑力。

这方面，下级军官花荣看得比较深。他的说法是：朝廷法度，无所不坏。山大王矮脚虎王英的说法则是：如今世上都是那大头巾弄得歹了。

有什么样的官，就有什么样的民。在大宋朝，官员视法律为害人工具，为挣钱门路，为变形金刚，这样，老百姓也就视法律为一文不值的狗屁。

于是，我们看到，石碣村打鱼的阮氏三兄弟，听说要去抢劫生辰纲，明知这是违法的事，却比捡了金元宝还欢喜；

于是，王婆只为了一副棺材钱，便教唆良家妇女去偷汉子，更设计毒死了善良无辜的武大郎；

于是，张青孙二娘夫妇长年在十字坡开人肉店，用药把客人麻翻了，"肥的切做馒头馅，瘦的却把去填河"；

于是，只为了赚朱仝上梁山，宋江和吴用竟指使李逵一斧头把四岁的小衙内"头劈作两半个"；

于是，毛太公为了讹下解珍解宝兄弟打到的大虫，便与当孔目的女婿一起捏造事实，把解氏兄弟打进死牢，准备以法律的名义，判处两兄弟死刑；

于是，水泊梁山终于啸聚起一百〇八条好汉。

末世的大宋，司法黑暗只是整体溃烂的表征之一。

当司法黑暗至极，强权者固然可以"合法"地伤害比他弱势的人；但弱势的人，也不会再对法律抱有敬畏之心，也会以替天行道的名义啸聚山林，从此成为国家的心腹大患。

到了这地步，大宋朝就成为一个没有胜者的满盘皆输的暗社会。暗社会里，既看不见星光，也看不见道路，所有人都像没头苍蝇一样乱冲乱撞。

诚如是，生亦何欢？死亦何惧？

大宋怪圈：强人为什么越剿越多

其实，世上既没有天罡，也没有地煞，更没有生来就铁了心反社会的强人，只有那些有家难奔、有国难投的走投无路者，终于被现实逼作强人。误走妖魔的不是洪太尉，而是上至皇帝，中到官员，下到乡绅的大宋王朝。

《水浒传》里，或者说施耐庵笔下，存在着两个平行世界。一个世界是江湖，江湖中鱼龙混杂，既有打家劫舍的绿林好汉，如桃花山、清风山、二龙山的大小头领及数量不等的喽啰，也有开黑店杀人越货的菜园子张青和母夜叉孙二娘，或是往来水上做些没本钱生意的张横、张顺，以及冲州走府卖艺谋生的病大虫薛永和落草前的打虎将李忠。

按照薛定谔理论，世界始终处于熵增状态。熵增的过程，就是由有序向无序发展的过程。换言之，随着时间推移，任何原本有序的系统，都将变得越来越混乱。若套用一下薛定谔理论，我们就不难发现，大宋的江湖也处于一个熵增过程——江湖的混乱失序，导致了越来越多的人落草为寇，并由小打小闹的桃花山、少华山、清风山、饮马川、二龙山走向了规模浩大的梁山泊。

另一个世界是官府。如果说社会是一枚硬币的话，官府是正面，江湖则是背面。官府象征着正统和正途，它涵盖了上自道君皇帝，下到衙役皂隶的一个庞大群体。官府的职责，首要者就是抵抗熵增，也就是努力维护秩序，不能任其走向混乱。因之，江湖和官府是完全对立、水火不相容的两个世界。

事实上，官府的确也在努力抵抗熵增，维持大宋社会的良好秩序。

小至郓城县令命都头雷横和朱仝各带兵丁，在县境内四处巡逻，缉拿可疑人员；中至青州知府攻打清风山，华州太守攻打桃花山；大至朝廷屡派重兵进剿梁山泊，甚至贵为太尉的高俅也亲自带兵。工作并不是没做，功夫也并不是没下。

效果却是两个字：无用。或者，更准确地说，在官府的坚决打击下，强人竟然越剿越多，强人实力竟然越剿越强。

如此反常的情况，到底是什么原因导致的呢？如果仔细分析就可断言：至少，以下这些人得为此负责。

第一是不称职的皇帝。《水浒传》中，作为文学形象的道君皇帝，和作为历史人物的宋徽宗，虽略有差异，本质却一样：极不称职。

宋徽宗赵佶天性浪漫，热爱艺术和女人，过着锦上添花的诗酒生活。但看看中国历史，我们却有一个骇人发现：大凡在艺术上有所成就的帝王，多半会给江山社稷和治下的人民带来灾难性后果。其原因在于，治国需要的是理性，来不得艺术家的任意挥洒。

宋徽宗的艺术才能不用怀疑。他能诗善文，书法学唐代薛稷而独创"瘦金体"。绘画方面，其才华更是独步天下，他在位期间，专设皇家画院，画家们享受着相当级别的优待，使得中国绘画史上从此有了宫廷派。

同时，宋徽宗对草木花石兴趣浓厚。史称："上在潜藩时，独喜读书学画，工笔札，所好者古器山石，异于诸王。"

一个人有某种爱好，尤其是艺术方面的爱好，这并非坏事。假如宋徽宗不是天下一人的帝王，他的成就当令后世艺术家艳羡。可惜，命运偏偏安排这位艺术天才当了皇帝。

"楚王好细腰，宫中多饿死。"一旦身为天子，他的任何爱好都可能带来自己都意想不到的后果，更何况像宋徽宗这样把自己的爱好和治理天下混为一谈呢？

宋徽宗在选用国家重臣上，基本不是按德才兼备来衡量，而是看他们是否与自己爱好投缘。蔡京是一流的书法家，宋徽宗从喜欢他的作品到重用他的人，以至明知他是奸臣，却出于共同的爱好旨趣，再三再四地原谅他。

至于高俅因善于踢毬而被宋徽宗赏识，从一个破落户提拔到了太尉高位，更是令天下人寒心。《水浒传》虽是小说家言，其间也给我们提供了一些高俅如何因共同爱好而被宋徽宗提拔的细节：

高俅只得把平生本事都使出来，奉承端王。那身分模样,这气球一似鳔胶粘在身上的。端王大喜,那里肯放高俅回府去,就留在宫中过了一夜……且说端王自从索得高俅做伴之后,就留在宫中宿食。高俅自此遭际端王,每日跟着,寸步不离。却在宫中未及两个月,哲宗皇帝晏驾,无有太子。文武百官商议,册立端王为天子,立帝号曰徽宗,便是玉清教主妙道君皇帝。登基之后,一向无事。忽一日,与高俅道:"朕欲要抬举你,但有边功,方可升迁。先教枢密院与你入名,只是做随驾迁转的人。"后来没半年时间,直抬举高俅到殿帅府太尉职事。

第二是弄权误国的重臣。读者想必还记得,青面兽杨志为三代将门之后,原是大宋帝国大功臣杨继业的孙子,只因押运花石纲出了事,人生的路越走越窄,不得不上山落草,加入造反者的行列。

所谓花石纲,那是宋徽宗时代一种令人谈之色变的不祥之物。崇宁四年,宋徽宗下令在苏杭设立应奉局,其职责是搜罗江南奇花异石,通过大运河和汴河运往东京汴梁。这些运送的船只连绵不断,以十只船为一纲,称为"花石纲"。

如果只是运点花草木石,作为一国之君,原也无可厚非。可这种帝王的闲情逸致一旦通过国家机器成为官府的重要职能,其后果之严重就不是一般人所能想象的了。负责花石纲的官员叫朱勔,在他认真负责的工作下,《宋史纪事本末》记载"凡士庶之家,一石一木稍堪玩者,即领健卒直入其家,用黄封表识,指为御前之物,使护视之,微不谨,即被以大不恭罪。及发行,必撤屋抉墙以出。人不幸有一物小异,共指为不祥,惟恐芝夷之不远"。

奸佞最大的本事就是善于借助来自皇帝的旨意，然后以此为借口，合法地陷害他人并谋取利益。朱勔在这方面自然也是行家里手。他在江南搜罗花石纲时，一旦看上了那些家有巨资而又没有什么政治背景的士绅，就宣称他们家的某块石头或某盆花已被圣上看中，将要征用。

他并不急于将石头或花木运走，而是要等上一段时间后，等到石头或花木与原来的形状有了些许不同——比如花谢了，石头被雨水淋出了青苔，这时再去以圣上需要的名义索取。其目的就是为了指责主人家看管不善，致使御用之物遭受损失，乃是对圣上大不敬。识趣的主人只能蚀财免灾，朱勔的收益就此滚滚而来。

即使主人看管小心，花草木石没有任何变化，朱勔还是可以合法地陷害你：运输御用之物，当然不能像民间那样草率。花石所经之处，必须拆屋推墙——等到那害人的花石运出你的家门，你家的房屋已被拆得一片狼藉——罢罢，还不如贿赂一下吧。

人为刀俎，我为鱼肉，要是不幸被卷入花石纲，其后果必是灾难性的："中家破产，或鬻卖子女以供其须。"——一个帝王的业余爱好，竟然闹到了中产之家都要破产，只能卖儿卖女才能应付的地步，这种爱好还有存在的合理性吗？

操纵花石纲者的朱勔之流，其利益则是惊人的。他以采办花石纲为名，"指取内帑如囊中物，每取以数十百万计"。除了经济上的暴利，更厉害的是政治上的权势，他因采办花石纲而成为宋徽宗眼里的大红人,"声焰熏灼,邪人秽夫候门奴事,自直秘阁至殿学士,如欲可得,不附者旋踵罢去,时谓'东南小朝廷'"。

杨志对王伦和林冲等人讲述他的遭遇时曾说:"道君因盖万岁山,差一般十个制使,去太湖边搬运花石纲赴京交纳。不想洒家时乖运蹇,押着那花石纲来到黄河里,遭风打翻了船,失陷了花石纲,不能回京赴任,逃去他处避难。"杨志身为制使,且数代为将,祖上为国家立下过赫赫战功,仅仅因自然灾害出了点差错,就不得不逃匿江湖,何况一般人呢?

天子和他身边的一帮重臣,本是王朝这艘大船最重要的掌舵人,可他们要么贪图享乐,不理朝政;要么滥用权力,弄权误国。以高俅来说,上任第一天就要报当年被王进的父亲一棒打翻之仇,之后又为儿子霸占林冲老婆而不惜陷害部下。王进夜奔,林冲落草,杨志刺配,一切都基于高俅的迫害。金圣叹说《水浒传》所描绘的乱世乃是"乱自上作",可谓一针见血。关胜既是圣人之后,又是朝廷命官,可他对大宋时局非常清醒,他说:"目今主上昏昧,奸臣弄权,非亲不用,非仇不谈。"——与此形成鲜明对比的是宋江,一直坚持认为皇帝是好的,只是奸臣弄权,蒙蔽圣聪而已。梁山也就只反贪官,不反皇帝。他们不知道的是,天底下最大的贪官其实就是皇帝。

第三是胡作非为的地方官。上梁不正下梁歪,中枢如此,地方照猫画虎,只能愈加走样。书中涉及的几个地方官,莫不如此。如梁中书镇守北部边疆,是上马管军、下马管民的封疆大吏。从某些细节——如他对杨志的赏识和提拔——能看出他似有知人之明，还不算太昏庸无能。但他为了讨好老丈人，每年"使人将十万贯收买金珠宝贝，送上京师庆寿"。鲁智深打死郑屠户，官府为捉拿他出的赏钱不过一千贯，十万贯之巨可想而知。假如不是搜刮民脂民膏，梁中书的宦囊何以如此丰厚？

比梁中书等而下之的，则是江州知府。江州知府蔡德章，乃是蔡京的第九个儿子。千里做官只为财，他到江州出任知府，目的不过是把为官一任当作敛财一方的手段而已，"为这江州是个钱粮浩大的去处，抑且人广物盛，因此太师特地教他来做个知府"。青州知府慕容彦达，因裙带关系而地位显赫，他"是今上徽宗天子慕容贵妃之兄"，"倚托妹子的势要，在青州横行，残害良民，欺罔僚友，无所不为"。慕容彦达先是轻信刘高之言，逼反花荣。接着又轻易中了反间计，杀害了秦明一家老小，使得秦明死心塌地做了强盗——慕容最终也死在秦明手下："早被秦明一棒，把慕容知府打下马来。"其他诸如东平知府程万里，系童贯家的门馆先生；华州太守贺知府，系蔡京的门人……几个地方官里，最令人发指的，莫过于高唐州知府高廉。

高廉是高俅的叔伯兄弟，也就是堂兄弟，这源自高家的血缘，意味着高廉有一个极强硬的后台——如前所述的从青州到江州，从东平到华州，哪一个地方官又在朝中没有后台呢？这更像一个寓言，即民间所说的朝中有人好做官。这些后台强大的地方官，关系盘根错节，他们的保护伞，出入中枢，高居庙堂。他们虽然"为官贪滥，作事骄奢"，却既不用担心被查处，更不用担心丢官失职。

高廉"倚仗他哥哥势要,在这里无所不为"。高廉依附高俅,而高廉身为高唐州知府,乃高唐最高长官。他本身也是权贵,虽然没有高俅权势滔天。但只要是权贵,就会有人去依附,并倚仗他的势要。其中,便有他的妻舅殷天锡。

有时候,权力的依附者,甚至比手握权力者本人还要坏。比如殷天锡,"那厮年纪却小,又倚仗他姐夫高廉的权势,在此间横行害人"。如果说蔡知府将宋江打入死牢、贺太守抓捕史进都还称得上事出有因的话,那么殷天锡就是赤裸裸地横行霸道了:他看中了柴皇城家的花园,直接带了三二十个人,"径入家里",要求柴皇城搬走,让他来住。光天化日之下的明抢,与强盗无异。柴皇城不服,与他理论,"反被这厮推抢殴打"。

柴家天潢贵胄的出身,禅让皇位的大功,太祖皇帝的圣旨,统统都抵不上一个现任知府的小舅子。

这些地方官,按理,他们的职分是守土安民,与作为黑恶势力的强人原本应该势不两立——事实上,他们也的确势不两立;然而另一方面,这些地方官却又是强人催化剂乃至强人制造者:家财万贯养尊处优的柴进,虽与包括梁山在内的强人多有往来,却并无落草的想法。他从大宋清贵蜕变为梁山强人,责任在高廉。梁山好汉劫法场,宋江带着监狱系统的戴宗、李逵以及不法渔民张横、张顺、李俊、李立等人落草,责任在蔡九知府——一个醉汉酒后写了几句反谓反诗,由于黄文炳急切邀功,蔡九知府言听计从,小事变大,大事变得不可收拾。

第四是为非作歹的乡绅。皇权不下县的古代,基层社会的稳定，依靠乡绅来维持。《水浒传》中有不少心地单纯、与人为善的乡绅，那就是多位太公——史进的爹史太公、桃花村的刘太公、穆家庄的穆太公，以及宋江的爹宋太公，基本如此。不过，太公行列，也有为非作歹，终至将好汉们逼上梁山的恶人，比如毛太公。

解珍、解宝两兄弟乃登城外猎户，因山上豺狼虎豹出来伤人，登州知府"拘集猎户，当厅委了权限文书，捉捕山上大虫"——《水浒传》中有一个很有意思的细节，即不论登州还是沂水或是阳谷，凡有大虫出来伤人，官府不是派兵丁捕猎，而是责令当地猎户，限时要他们捕获，否则打板子。——官做到这种地步，可以说权力都是自己的，责任都是他人的。

解氏兄弟好不容易射中一只虎，不想那虎跌下山时，滚进了毛太公家后园。两兄弟前去寻虎，从对话看，双方既是乡亲，平时也有往来，是以十分客气，解氏兄弟称毛太公伯伯，毛太公称解氏兄弟贤侄。

然而，在突如其来的利益面前，温情脉脉的面纱立即被撕破——毛太公让儿子把老虎带到官府请赏，并污蔑解氏兄弟"混赖大虫，各执钢叉，因而抢劫财物"。毛太公不仅有钱，而且有势——他的女婿乃州上的六案孔目，姓王名正。所谓六案孔目，盖旧时州县，设有与中央六部对应的六房，即吏、户、礼、兵、刑、工，各房均由不同吏员执掌，六案孔目则是总其事者，相当有实权。

解氏兄弟除了一身武艺，既无钱，也无权，被押到州里，知府听信毛家一面之词——何况毛家女婿还是他的重要亲信呢,将两解一番痛打,戴上二十五斤重的死囚枷,"钉下大牢里去"。毛太公父子明白,为了这只大虫,这是与解氏结下了无法消解的大仇,"不若一发结果了他,免致后患"。

假如看管解氏兄弟的小牢子乐和,不是与他们有点转弯抹角的亲戚关系,而且又甘愿为其奔波联络;假如解氏兄弟的表姐不是敢作敢为的母大虫顾大嫂;假如顾大嫂的丈夫,不是登州驻军指挥官孙立的亲兄弟——总之,假如不是有这么多的假如,那么,解氏兄弟的最终结局,一定是冤死狱中。

顾大嫂出面,组织了孔立、孙新、邹润、邹渊,将死牢里的解氏兄弟营救出来,并杀死了罪魁祸首毛太公父子及其女婿王正。此事对大宋官府来说,损失极为严重:它不仅让人们又一次看清了官员如何徇私枉法,豪绅如何任意横行,小民如何随时可能被有钱有权者置之于死地;并且,一个重要州城的驻军长官公然劫狱后投靠梁山做了强人。套用今天的话来说,影响非常恶劣。

从皇帝到中枢,从地方官到乡绅,本应是大宋王朝稳定的磐石,然而事实上,这些磐石却干着砸自己脚的蠢事。在他们的合力作用之下,越来越多奉公守法的良民百姓,要么在被欺压后走投无路,只能毅然决然地投奔梁山;要么还对现实存有幻想,甚至想要为朝廷出力,以便一刀一枪,博个封妻荫子,但最终,残酷而黑暗的现实下,幻想只能幻灭,希望只能像肥皂泡一样一吹即破,而他们的一刀一枪,便不是为朝廷出力,而是为大大小小的山寨出力。

于是,大宋朝才出现了这种令人拍案惊奇的怪圈:强人,越剿越多；强人势力，越剿越强。这怪圈，恰如唐朝诗人李涉赠送绿林好汉的《井栏砂宿遇夜客》中所描绘：

> 暮雨潇潇江上村，绿林豪客夜知闻。
> 他时不用逃名姓，世上如今半是君。

无论哪个版本的《水浒传》，第一回或楔子均是《张天师祈禳瘟疫，洪太尉误走妖魔》——洪太尉不听道人们苦劝，打开了上清宫伏魔殿中的地穴，放出了大唐时候洞玄国师封锁在穴内的一百〇八个魔君——那道从地穴深处喷出来的黑气，在"空中散作百十道金光，望四面八方去了"，这便是三十六员天罡，七十二名地煞，也就是纵横江湖，让朝廷头疼不已的梁山泊一百单八将。其实，世上既没有天罡，也没有地煞，更没有生来就铁了心反社会的强人，只有那些有家难奔、有国难投的走投无路者，终于被现实逼作强人。误走妖魔的不是洪太尉，而是上至皇帝，中到官员，下到乡绅的大宋王朝。

权谋篇

滴血的义气：梁山泊的四次权力斗争

当然，最能体现宋江皮厚心黑的，其实是他为了个人目标，让大多数梁山兄弟死于非命。

套用今天的话来说，一开始，梁山只是一家并不出众的小公司，这家小公司与其时其他小公司，诸如少华山、桃花山、清风山、二龙山相比，并不见得更出色——梁山的几位头领，不论是王伦、杜迁、宋万还是朱贵，其武功显然不如少华山的朱武、陈达、杨春，也不如清风山的燕顺、王英和郑天寿，更不如二龙山的鲁智深、杨志、武松。不过，梁山这家小公司胜在资源好。资源好，才有发展后劲。以后，不论少华山、桃花山、清风山还是二龙山，统统无法与梁山相提并论，就在于梁山有着其他山头所不具备的得天独厚的资源。那资源，柴进说过，"方圆八百余里，中间是宛子城、蓼儿洼"。地盘大，有山有水，易守难攻，不是少华山等山寨可比拟的。

坐拥这么大一份家业，做大的机会就更多；自然，为此竞折腰的英雄也不少。

纵观梁山历史，从王伦到晁盖，从晁盖到宋江，第一把虎皮交椅两度易主，实则经历了四次图穷匕见的权力斗争，而这四次权力斗争，也为江湖好汉们张口闭口都要提的义气加了一个定语：滴血的。

第一次权力斗争：王伦 vs 林冲及同情林冲者

林冲风雪山神庙后，走投无路，拿了柴大官人的介绍信上山。按理，柴大官人黑白通吃，又有恩于梁山——书中说过，"王伦当初不得意之时，与杜迁投奔柴进，多得柴进留在庄子上住了几时，临起身又赍发盘缠银两，因此有恩"。相当于说梁山这家公司的两位老板，落魄时曾被柴进收留，管吃管喝管住，临走时还拿了一笔银子做路费。现在，两位老板创下了一家公司，有恩的柴大官人推荐一个人去打工，按理，林冲怎么着也该有把交椅坐坐。

可是，林教头遇人不淑，山寨头领王伦鸟本事没有，却工于心计，担心林冲以后坐大。"他是京师禁军教头，必然好武艺。倘若被他识破我们手段，他须占强，我们如何敌？"——林冲不容于王伦，不是本领小，而是本领太大，王伦担心以后无法驾驭。虽然也顾忌柴大官人面子，但柴大官人面子事小，梁山之主事大。"只是柴进面上却不好看，忘了日前之恩。如今也顾他不得。"

其时，梁山还有另外三位元老，即杜迁、宋万和朱贵。这三人本事也不高，却不像王伦那样鸡肠小肚。三人坚持要留，这就与首领意见不合。比如王伦以"小寨粮食缺少，屋宇不整"为由，不肯收留林冲时，杜迁一眼就看出这是托辞："山寨中那争他一个。"是的，一支几百人马的反政府武装，哪里会因多了一个林冲就军粮不够吃，营房不够住呢？更何况，朱贵认为，如果真的缺粮少屋，"近村远镇，可以去借；山场水泊，木植广有，便要盖千间房屋却也无妨"。宋万则认为，不收留林冲，将会"使江湖上好汉见笑"。

总之，三位头领在充分照顾首领面子的前提下，尽可能说服他——哪怕首领的理由实在太过牵强。

首领毕竟是首领，虽说山寨级领导层的二三四把手都反对，王伦也只作了一点小让步，那就是要林冲去杀个人来纳投名状。

费尽周折，林冲总算加盟梁山公司，排名第四，仅在负责情报工作的朱贵之前。

第二次权力斗争：林冲+晁盖团队 vs 王伦

晁盖等人劫生辰纲事发，只有上梁山。上梁山前，晁盖和吴用有过一番讨论。吴用建议，先收拾细软，到石碣村三阮家里去。"石碣村那里，一步步近去，便是梁山泊。如今山寨里好生兴旺，官军捕盗，不敢正眼儿看他。若是赶得紧，我们一发入了伙。"梁山为什么此时"好生兴旺"，以至官军不敢正眼儿看他？其原因就在于林冲的加盟——这一点，阮小二在劫生辰纲前，曾与吴用说过，梁山的王伦、杜迁、宋万、朱贵"也不打紧"，厉害的是"如今新来一个好汉，是东京禁军教头，甚么豹子头林冲，十分好武艺"。所以，以三阮的豪强，也"有一年多不去那里打鱼"。

入伙梁山也是晁盖的想法，不过，这个老江湖有些担心："只恐怕他们不肯收留我们。"

号称智多星的吴用这一回却看走了眼。吴用说："我等有的是金银，送献些与他，便入了伙。"——老子有钱，给他们打个赏，他不可能不收留吧。

然而，在金银与交椅面前，就像在柴大官人的面子与交椅面前一样，选择交椅是王伦的唯一选择。当初，林冲单枪匹马上梁山，他就担心将威胁他的交椅，现在，晁盖带来这么多人，王伦的担心更是十倍于先前。就像吴用对晁盖说的那样："因兄长说出杀了许多官兵捕盗巡检，放了何涛，阮氏三雄如此豪杰，他便有些颜色变了，虽是口中应答，动静规模，心里在好生不然。他若是有心收留我们，只就早上便议定了坐位。"

果然，王伦端出一盘金银送给晁盖：我这公司小，你们还是另谋高就吧。路费我都给你们准备好了，你看，我多讲义气啊。

王伦前番不许林冲加盟，理由是梁山粮少房稀；今番不许晁盖等人加盟，理由仍是梁山粮少房稀。

粮少房稀四个字，一定像针一样刺痛了林冲。所以，王伦"说言未了"，林冲"双眉剔起，两眼圆睁，坐在交椅上大喝"。

林冲很生气，他一定想起了他当年上梁山时在王伦的百般为难下遭遇的屈辱。现在，林冲在梁山公司也算立住了脚，更重要的是，晁盖等人必然和他站在同一条战壕里。他成了实力更雄厚的一方，王伦反而成了实力更弱小的一方。

于是，当王伦虚情假意令地人用盘子捧上五锭大银，客气而坚决地拒绝晁盖等人入伙时，林冲再也忍不住了，质问王伦："你前番我上山来时，也推道粮少房稀。今日晁兄与众豪杰到此山寨，你又发出这等言语来。是何道理？"道理大家都心知肚明，王伦无言以对，或者说恐怕他也没想到竟有人会当场质问他，所以根本就没想好怎么应对。

这时，吴用假意的劝解更似火上浇油。吴用请林冲息怒，说都是我们不好，不该来入伙，反而坏了你们的情分。人家王头领对我们可好了，以礼相待，还送我们银子，也没有马上赶我们下山。

听了吴用一席话，林冲怒气更甚了，他直斥王伦是"笑里藏刀，言清行浊的人"。

可笑的是，到这一地步，王伦仍然以为他是大局在握的梁山老大，根本没看出风险就在眼前，还以老大的身份责骂林冲是畜生，又没喝醉，竟然"把言语来伤触我，却不是反失上下"！

林冲终于忍无可忍，他"把桌子只一脚，踢在一边，抢起身来，衣襟底下掣出一把明晃晃的刀来"——早有部署的晁盖等人，在吴用的暗示下，要么拦住王伦，要么拦住梁山的三位元老杜迁、宋万、朱贵，好待林冲下手："林冲拿住王伦，骂了一顿，去心窝里只一刀，肐察地搠倒在亭上。可怜王伦做了半世强人，今日死在林冲之手。"

刚才还推杯换盏，一声兄弟一声义气，顷刻间便白刃加身，身首异处，权力斗争终于演变成不共戴天的流血事件。

顺便说，王伦不是个案，像他那样不准其他好汉入伙而掉

林冲水寨大并火

了脑袋的,还有二龙山首任大当家邓龙。他拒绝花和尚鲁智深加盟,在曹正帮助下,鲁智深与杨志设计上山,"邓龙急待挣扎时,早被鲁智深一禅杖当头打着,把脑盖劈做两半个,和交椅都打碎了"。

第三次权力斗争:晁盖团队 vs 宋江团队

晁盖"7+1"组合劫取生辰纲,犯下弥天大罪,原以为干得天衣无缝,神不知鬼不觉。孰料百密一疏,没想到他们假扮贩枣子的客商以假姓名登记住店时,被后来负责此案的观察何涛的兄弟何清认出。顺便,何清还从店主人的闲谈中,记住了白日鼠白胜。

于是,东窗事发。先是白胜被抓,吃打不过,供出了晁盖等人。当何涛带人到郓城县联系当地官府,准备实施大抓捕时,"晁盖正和吴用、公孙胜、刘唐在后园葡萄树下吃酒"。只有阮氏兄弟"已得了钱财,自回石碣村去了"。

幸好,何涛到郓城县后,接待他的是郓城县衙负责文案的胥吏、押司宋江,而宋江则与晁盖有着过命交情。这样,在安顿好何涛后,宋江快马跑到东溪庄向晁盖报信,晁盖等人方才顺利逃走。

显然,宋江对晁盖的"7+1"组合有救命之恩。宋江初上梁山,晁盖立即以头把交椅相让。晁天王乃粗豪汉子,此时让位,发自内心。他"便请宋江为山寨之主,坐第一把交椅";宋江不肯,晁盖说:"当初若不是贤弟担那血海般干系,救得我等七人性命上山,如何有今日之众?你正是山寨之主,你不坐,

宋公明私放晁天王

谁坐？"

宋江初来乍到，即便做梦都想接班，却也得考虑如何服众。更何况，他刚从即将人头落地的刑场上，被晁盖率众人舍命救出，甫一上山，就大剌剌地坐了第一把交椅，这吃相，也太难看。而我们知道，宋江是整个水浒世界里，最看重吃相也最讲究吃相的。

所以，宋江再次推辞。然而，他推辞的理由却又如此言不由衷："仁兄，论年龄兄长也大十岁。宋江若坐了，岂不自羞？"好汉排座次，主要标准是看他的江湖声望、领导能力和武力值，从来不是以年龄为依据搞个长幼有序。宋江这番推辞，给人的感觉是，他不坐头把交椅，只因晁盖年龄比他大。言外之意就是：这头把交椅，从江湖声望和领导能力来说，确实也该我坐；只是，你年龄比我大，我发扬风格，暂且让你。

及后，为了服众，为了进一步架空晁盖，每当山寨有事，宋江总是主动请缨，他的说辞是："哥哥山寨之主，如何使得轻动。"

宋江这样干，有几般好处：

第一，他屡立战功，相比之下，待在山寨的晁盖简直就是混吃等死。

第二，他与一同参战的好汉关系密切，渐渐形成了一个唯他马首是瞻的私人班底。打祝家庄和打高唐州，开会时名义上还是晁盖在主持工作。等到迎击呼延灼时，宋江已经不征求山寨之主的意见，自行安排人马了。用他对李逵的话来说，那是"我自有调度"。接着，便当着晁盖的面，对众位头领直接下令。晁盖坐在一旁，完全成了多余人，其尴尬与生气，可想而知。

第三，他不断招纳新的好汉。这些好汉只知宋江，不知晁盖。最过分的莫过于段景住，他偷了人家的照夜玉狮子马，公然宣称这是拿来送给宋江，作为上梁山进身之礼的。这就好比你想加盟一家公司，当着众人向副总经理送礼，却对总经理无动于衷，这总经理能不气得吐血吗？

以后，痛定思痛的晁盖不得不决定亲自攻打抢马的曾头市——宋江又搬出"哥哥是山寨之主，不可轻动，小弟愿往"的说辞，但晁盖这一次铁了心要亲自出马。他一定明白，再不带着头领们到江湖上走走，他便是彻底的傀儡了。可惜为时已晚，在曾头市，他莫名其妙地中了毒箭。

晁盖既死，按理，坐第二把交椅的宋江天经地义应当顺位继承，毫无悬念地坐上头把交椅。然而，之前一再真心要让出头把交椅给救命恩人的晁盖，却在临终前以遗嘱的名义，给宋江挖了一个以他的武功几乎毫无可能跳得出的大坑——晁盖告诉众头领："若那个捉得射死我的，便叫他做梁山泊主。"

以宋江低微的武功，可以说，他连朱贵都打不过，要他捉住射死晁盖的史文恭，其概率等于零。那么，晁盖立下这个遗嘱，便可以理解为：纵然在与宋江的权力斗争中，他输掉了性命，但也绝不能让宋江抢得头把交椅。

第四次权力斗争：主降派 vs 主战派

宋江背叛了晁盖的遗嘱，没有立捉住史文恭的卢俊义为山

晁天王曾头市中箭

寨之主，而是自己坐上了梦寐以求的第一把交椅。

背叛遗嘱这一桥段，施耐庵写得实在精彩。首先，宋江不可能更改卢俊义捉得史文恭这一既定事实；其次，晁天王立有遗嘱在先，这在梁山人人皆知，并且也应当是人人必须遵守的。由于这两者的存在，宋江不得不假意"就忠义堂上与众弟兄商议立梁山泊之主"。还没等任何人提出如何执行晁盖遗嘱，曾经与晁盖走得最近的吴用抢先就说："兄长（即宋江）为尊，卢员外为次，其余众弟兄各依旧位。"

吴用的意见，显然也是宋江的意见，是梁山决策层的意见。接下来，宋江不免要表演一番，他如何忠实地执行晁天王的遗嘱，提议要捉得史文恭的卢俊义"正当为尊"。卢俊义初来梁山，除了燕青，再无一个心腹，他如何敢坐这第一把交椅？

尽管如此，吴用还是害怕卢俊义一时糊涂，真的坐了第一把交椅。那时，生米煮成熟饭，恐怕也不好再重演一次像火拼王伦那样的火拼卢俊义了，毕竟，卢俊义的武功、识见、才能都与王伦有云泥之别。

吴用见宋江与卢俊义一个假让、一个真推得起劲时，再次站出来强调："兄长为尊，卢员外为次，人皆所伏。兄长若如是再三推让，恐冷了众人之心。"

吴用话音刚落，早就串通好的兄弟们立即跳出来配合——"原来吴用已把眼视众人，故出此语。"

首先是李逵大叫道："我在江州，舍身拼命，跟将你来，众人都饶让你一步。我自天也不怕，你只管让来让去做甚鸟！我便杀将起来，各自散伙。"接着是武松、刘唐和鲁智深等人也

卢俊义活捉史文恭

站出来表态，表明他们心中只有一个梁山泊主，那就是宋公明哥哥。

此时，宋江如果欣然坐上头把交椅，虽不算名正言顺，但也可说是响应民意。不过，前面说过，宋江最看重也最讲究吃相。他提出，他和卢俊义各带一支军队，分别攻打东平府和东昌府，谁先打破城池，谁就是梁山泊主。

至此，晁盖的遗嘱已被抛弃——至少是被修改，梁山泊主的条件由谁捉住射死晁盖的敌人，变成谁先攻下城池。

不用说，肯定是宋江先攻下来。

从此，聚义厅改名忠义堂，杀人越货的落草者自己抹上了替天行道的胭脂。

这标志着第三次权力斗争后，梁山精神与梁山目标已经彻底掉了个头。

宋江是主降的，还有一些人是主战的。

主战者中，除李逵外，大多是原晁盖团队或与晁盖团队走得近的，如吴用、公孙胜、三阮、刘唐、林冲、鲁智深、史进、武松等。

与宋江主降派比，主战派明显势单力薄。所以，识时务的吴用及时变节投了宋江，眼见大势不妙的公孙胜辞别了梁山回家修道。其他人都是既没地方可去又不想改变立场的，那就只能受排挤。

三阮原掌水军，宋江安了三个心腹李俊及张横、张顺，像三座大山一样压在他们头上。至于座次，三阮屡立战功，又是梁山早期开拓者，却排在了与宋江关系密切的穆弘之后。林冲文武双全，三朝元老，虽名列五虎，却排在资历、战绩和对梁山的贡献都远不如他的关胜之后。至于二龙山代表鲁智深、武松、杨志，他们的排名甚至还不如财主柴进和地主李应。

分析梁山泊的四次权力斗争，不难发现，最重要的决胜条件有三点：

第一，比实力，谁的拳头大，谁就是正确道路，谁就能笑到最后。赢家通吃不仅是一般的江湖规则，也是讲义气的梁山忠义堂的规则。

第一次权力斗争时，林冲的武艺远超王伦等人，但他孤掌难鸣，只能忍气吞声。等到晁盖诸人上山，反王同盟实力大涨。不要说王伦，即便杜迁、宋万、朱贵一齐上阵，也远不是对手。这样，林冲终于出了口恶气。"林冲早把王伦首级割下来，提在手里，吓得那杜迁、宋万、朱贵都跪下说道：'愿随哥哥执鞭坠镫！'"

第三次权力斗争其实从宋江上山就开始了。在确定了山寨级领导班子（晁盖、宋江、吴用、公孙胜）后，宋江的意见是，其他头领"休分功劳高下，梁山泊一行旧头领去左边主位上坐，新到头领去右边客位上坐，待日后出力多寡，那时另行定夺"。

宋江这样干，有两大好处，一是如果按以往依上山时间排座次的话，他带上山的人马，只能排在晁盖原有班底的后面。二是新旧头领左右排列，晁盖旧部仅九人，他宋江却有二十七人。两相对比，谁说话更管用一目了然。为此，金圣叹批注说："宋江此时，真顾盼自豪矣哉。"

宋江甫一上山，即有二十七名头领追随；后来不断招降纳叛，紧跟他的头领多达七八十名。晁盖直到战死，也只有旧部九名。所以，到了打曾头市的时候，晁盖无论如何也不听宋江忽悠，"不可轻动"，而是坚持亲自带兵下山。

可以肯定的是，随着双方实力日益悬殊，即使晁盖没有中箭身死，他和宋江之间也早晚有一场火拼。若是，必有更多好汉血溅忠义堂，忠义堂也将因滴血的义气而遭世人耻笑。

幸好，晁天王死得及时。他的血，避免了更多的血。梁山也才始终笼罩在一片若有若无、如虚似幻却又开口闭口都要强调一番的所谓义气中。

第二，谁能许一个更诱人的未来。

宋江是胥吏出身，要想在仕途上出人头地，几乎不可能。不过，曲线做官的办法倒是有，那就是招安。

对于宋江的理想或者说人生计划，最大的拥护者是那些因战败而不得不暂时栖身梁山的原朝廷官员和一帮大财主、大地主。前者如花荣、秦明、黄信、关胜、呼延灼、索超、董平、张清；后者如柴进、李应、孔明、孔亮。

作为山寨之主，宋江的理想就是一张巨额支票，他用这张支票，许了一个非常诱人的未来——当然，这对鲁智深、武松、三阮甚至包括宋江的头号打手李逵来说，只会引起他们的反感。

然则，宋江时代的梁山，主战派只是不合时宜的少数，并且，他们还是沉默的少数。

虽然他们也在酒后发过牢骚、踢过桌子、拔过刀子，但在真正决定山寨前途时，他们没有发言权。否则，轻则责备他们个人主义严重，不为大多数兄弟着想；重则批判他们不讲江湖规矩，不能认识到大哥在下一盘很大的棋。甚至，还有被大哥当众喝令绑出去砍了的风险——虽不会真砍，却会脸面扫地。

第三，最重要的是，谁的脸皮更厚，心子更黑。

林冲火拼王伦，王伦固然可恶，也不至于必须死。梁山这个家业，毕竟是他辛辛苦苦打下的。说到底，林教头此时的心肠早非连害他的董超、薛霸都可以原谅的时候了。

与之相比，不断煽风点火、撩拨林冲动武的吴用，就不仅心子黑，脸皮也厚。尤其当他发现宋江实力坐大而晁盖却每况愈下时，他明显倒向了宋江，成为宋江的智囊。当年在劫取生辰纲的战斗中结下的友谊，也选择性地遗忘了。

李宗吾先生的厚黑学，比宋江晚了近千年，但宋江的厚黑学却是运用之妙，存乎一心，可谓集大成者。

先不说晁盖可疑的死亡，宋江是否脱得了心子黑的干系。单看他的脸皮之厚，就令人叹为观止。之前，捉了秦明、关胜，他纳头便拜。这是为了收买人心。后来捉了童贯、高俅，他也是纳头便拜。这是为了招安。

总而言之，他的下拜都是有目的的，至于为了这目的，男儿膝下有黄金的古训自不用说，只要想想当着众多兄弟向敌人下跪，这就需要多么厚实多么所向披靡的脸皮啊。

为了目的，不择手段。这就是宋大哥们的共同本质。

当然，最能体现宋江皮厚心黑的，其实是他为了个人目标，让大多数梁山兄弟死于非命。可怜的兄弟们,他们有幸在四次权力斗争中全身而退,却没能在大哥实现人生目标的道路上活下来。

最终的结果只能是:好一似食尽鸟投林,落了片白茫茫大地真干净。

你是大哥的心腹和爪牙,我是自个儿的爹

胥吏出身的宋江,世事洞明,人情练达。他更看得出,李逵这样的人,只要用小恩小惠收买了他,他就会死心塌地跟你一辈子,干啥脏活都听从安排。

1

收买一个死心塌地永远效忠的铁杆兄弟需要多少银子?

宋江的回答是:八十两。

银子的购买能力,历朝有所差别,以《水浒传》故事发生的宋朝来说,一两银子大概相当于现在一千元人民币。

八十两就是八万元,而八万元,就能让一个萍水相逢的人认你为大哥,终生唯你马首是瞻,而不是口头一套,行动一套的双面人,这个价,无论怎么说,都值。

何况,宋江在郓城做押司,黑白通吃,早就挣下了不少不义之财。区区八十两银子,不过九牛一毛。

2

对江州牢城小牢子李逵来说，八十两却不是小数。

更何况，通过这八十两银子，他迅速认清了形势：旧老大戴宗不值得追随。必须改换门庭，投到新老大宋江门下。

见面刚认识，李逵撒谎从宋江手里拿走十两银子。吃酒时，他嫌卖唱的女子打搅，出手伤人，宋江帮他赔了二十两银子。分手时，宋江又取出五十两一锭大银与李逵，道："兄弟，你将去使用。"

人生若只如初见，那么，李逵初见宋江那天，完全是一个上不得台面的惹祸精。他用手捞宋江和戴宗碗里吃剩的鱼吃倒也罢了，偏偏一会儿又把鱼汁泼到酒保面上，一会儿又和张顺从岸上打到水里，一会儿又戳伤唱曲的女子。

总之，戴宗此时虽是他的老大，却明显不待见他。戴宗先是阻止宋江拿银子，直言李逵说谎："兄长休借这银与他便好。恰才小弟正欲要阻，兄长已把在他手里了。""这厮虽是耿直，只是贪酒好赌。他却几时有一锭大银解了！兄长吃他赚漏了这个银去。他慌忙出门，必是去赌。若还赢得时，便有的送来还哥哥；若是输了时，那里讨这十两银来拜还兄长。戴宗面上须不好看。"后来，又向宋江致歉："兄长休怪，小弟引这等人来相会，全没些个体面，羞辱杀人。"

3

宋江要比戴宗高几个层次，更具领导意识和大哥风范。戴宗反感李逵的粗鲁，宋江却看出他粗鲁背后的直率。戴宗向宋江致歉时，宋江的回答是："他生性是恁的，如何教他改得！我到敬他真实不假。"并且，胥吏出身的宋江，世事洞明，人情练达。他更看得出，李逵这样的人，只要用小恩小惠收买了他，他就会死心塌地跟你一辈子，干啥脏活都听从安排。

宋江这种野心家，非常需要李逵这种护主的打手。

4

幼时读《水浒传》，徒具匹夫之勇的李逵，竟是我崇拜的偶像。一个十多岁的少年眼中，不分是非，不明事理，武功第一，暴力至上，自然认为李逵端的是一条好汉。年长再读《水浒传》，梁山泊诸人中，李逵已是我最反感者之一。

表面看，李逵粗鲁、直率，但他的心眼儿其实都用粗鲁和直率做了掩护。他有时以宋江的黑脸出现——黑脸的出现，是为了帮助宋江把白脸唱得更好。白脸想说而不好说、不便说、不能说的，就由黑脸来表达。

卢俊义活捉了史文恭，按晁天王遗嘱，就该做梁山泊之主。这是梁山上上下下都知道的既定方针。

宋江当然不可能把第一把交椅让给卢俊义，可他必须表个态，表示要忠实执行晁天王的遗嘱。这样，将来他的位置才具备合法性。

问题是，倘若他刚一假让，万一不懂事的卢俊义竟真的接受了，他也不可能把卢俊义拉下来。尽管卢俊义大概率不会如

黑旋风李逵

此不懂事,可不怕一万,就怕万一呀。

为防万一,就需要李逵这样的黑脸出场了。

宋江和卢俊义一本正经地演戏时,李逵大叫道:"我在江州,舍身拼命,跟将你来,众人都饶让你一步。我自天也不怕,你只管让来让去假甚鸟。我便杀将起来,各自散伙。"

这几句话,足以看出李逵压根儿就不是率性之人(粗鲁倒是真的),而是一个伪装很深的黑脸心机男。

他的意思是:第一,我跟着你宋江,我是天不怕地不怕的,只服你一个人。为了你,我可以玩命。所以,谁要是夺你的位置,我这板斧绝不答应。第二,宋江只是假让。所以,卢俊义,你要搞清楚,俺大哥不过和你客气罢了,你别做春秋大梦。

5

李逵之外,宋江曾想收买另一个兄弟,那就是武松。

武松在柴进庄上不受待见,与宋江偶遇后,宋江没有像对李逵那样拿钱打赏,而是"将出些银两来与武松做衣裳"。

做衣赏花不了几个钱,却是比银子更具杀伤力的收买方式。因为武松自小父母双亡,如今又流浪在外,无人关心。并且,他不像李逵那样,是一个几乎没有亲情的人。

这身衣裳,让武松感受了大哥的温暖。

及至别离,宋江送了十两银子,武松坚辞不受(恰好与李逵双手接过对比鲜明)。直到宋江表示,如果你不收,我就不认你做兄弟。武松才"只得拜受了"。

令宋江遗憾的是，战神般的武二郎，始终没有被成功收买。他只是自己的兄弟，而不像李逵那样，名为兄弟，实属奴才。

6

宋江对李逵的态度，迥异他人，因为他们之间是一种主子和奴才的关系，当然，这种主仆关系抹上了兄弟义气的油彩。

宋江聚众饮酒，令乐和唱他所作的词，乐和深情地唱道："望天王降诏早招安，心方足。"话音刚落，便引起两个兄弟的强烈不满。

一个是武松，他叫道："今日也要招安，明日也要招安去，冷了弟兄们的心。"

另一个是李逵，他睁圆怪眼，大叫道："招安，招安，招甚鸟安。"只一脚，把桌子踢起，撷做粉碎。

大庭广众之中，两个兄弟公然大扫大哥脸面，宋江的处理却是完全不同：对李逵是斥责，并令"左右与我推去斩讫报来"；对武松是温言相劝："兄弟，你也是个晓事的人，我主张招安，要改邪归正，为国家臣子，如何便冷了众人的心？"

一样闹事，两样处分，盖李逵是奴才。主子对奴才表面狠一点，奴才不会介意，而旁人见主子对奴才都如此严厉，自然心生畏惧。

当然，宋江知道众人会替李逵求情，不可能真把他斩了。反过来，如果他对李逵温言相劝，喝令把武松推去斩讫报来，事情一定会闹得不可收拾。

7

身为大哥的奴才,李逵的优点在于,他不仅听话(有时假装不听话,是为了唱黑脸帮忙,或是小骂帮大忙),还有一定本事,虽然这本事大抵用来惹是生非。

尤其重要的是,关键时刻,为了大哥利益,他不惜干脏活,认污名。

比如,为了把宋江喜欢的朱仝逼上梁山,他残忍地用斧头把知府四岁的儿子劈成两半,这要传到江湖上,肯定会被人耻笑。

为了大哥的利益,黑锅必须背,而且要背得欢天喜地。

这,就不是武松、鲁达能做的、肯做的。武松血溅鸳鸯楼时,的确也杀了不少无辜者。可这些无辜者都与张都监有或深或浅的关系。并且,他们中间没有一个是儿童。

只有奴才如李逵,才下得了手。

8

当然,主子对奴才的看重也是相对的。以宋江和李逵而言,两件事,能看出大哥或者说主子的冷酷与自私。

其一,宋江在村店里遇到石勇,从他那里拿到兄弟宋清的家书。家书中,宋清称其父"因病身故,停丧在家",宋江"叫声苦,不知高低,自把胸脯捶将起来,自骂道:'不孝逆子,做下非为,老父身亡,不能尽人子之道,畜生何异!'自把头

美髯公误失小衙内

去壁上磕撞,大哭起来"。然后,放下带领众多兄弟上梁山的大事,扔下队伍,撒腿连夜回乡奔丧。

李逵回老家接母亲到梁山享福,不想半路上母亲被老虎吃了。李逵这个恶人,向众头领说起此事,也流下泪来。

宋江的反应竟然是:"宋江大笑。"

两相比较,难道说大哥的爹一枝花,小弟的妈豆腐渣?

金圣叹的批注一针见血:"大书宋江大笑者,可知众人不笑也。夫娘何人也?虎吃人何事也?娘被虎吃,其子流泪,何情也?闻斯言也,不必贤者而后哀之,行道之人莫不哀之矣。江独何心,不惟不能哀之,且复笑之;不惟笑之而已,且大笑之耶……谈忠谈孝之人,其胸中全无心肝。"

如果李逵稍有头脑,宋江的大笑,就足以让他看清宋江的真实面目和自己在他心中的真实位置,就足以令他远离宋江,远离梁山,远离那座假仁假义的忠义堂。

然而,奴才之所以可悲,就在于他们的脑袋长在大哥身上,他们只是大哥的爪牙而已。

其二,宋江喝了奸臣们以皇上之名赐下的毒酒,自知将死。他担心的是李逵起兵造反:"我死不争,只有李逵见在润州都统制,他若闻知朝廷行此奸弊,必然再去啸聚山林,把我等一世清名忠义之事坏了。"于是,他把李逵喊到楚州,"那接风酒内,已下了慢药。当晚,李逵饮酒了"。

次日,李逵告辞之际,宋江向他道出真相:"兄弟,你休怪我!前日朝廷差天使,赐药酒与我服了,死在旦夕。我为人一世,只主张'忠义'二字,不肯半点欺心。今日朝廷赐死无辜，宁可朝廷负我，我忠心不负朝廷。我死之后，恐怕你造反，坏了我梁山泊替天行道忠义之名。因此，请将你来，相见一面。昨日酒中，已与了你慢药服了，回至润州必死……"

死之将至，李逵流下了他人生中的第二次也是最后一次泪："罢罢罢，生时伏侍哥哥，死了也只是哥哥部下一个小鬼。"

李逵回到润州不久，"果然药发身死"。他在临死前吩咐从人，"我死了，可千万将我灵柩去楚州南门外蓼儿洼，和哥哥一处埋葬"。

在主子眼中，奴才的一切都是自己的，包括名声、本事、人格、性命，一旦需要，随时都可以毫无愧意地拿过来。而对于做稳了奴才的人如李逵来说，从不觉有何不妥。相反，他认为这是天经地义的事：生是大哥的人，死是大哥的鬼。

这正是奴才的最大悲剧。

9

像武松、鲁达那样的好汉，虽然从来不是大哥真正的心腹，可他们始终是江湖的硬汉子、人间的好男儿。

套用当代诗人伊沙的一句诗，那就是：
你是大哥的心腹和爪牙，
我是我自个儿的爹。

大哥与小弟,以及他们的爹和娘

> 金圣叹对宋江这种赤裸裸的功利与凉薄深为不满,评论说:"不悲别人无娘,但夸自家添虎。不吊孝子,但庆强盗。皆深恶宋江之笔法。"

江湖好汉们盟誓,必须要说的一句套话是:不求同年同月同日生,但求同年同月同日死。这句套话是为了强调,无论大哥还是小弟,只是分工不同,大家完全平等。既然爹妈没把咱们生在同一年同一月同一日,那么,我们完全可以追求同一年同一月同一日同时死。听上去,这就比"有盐同咸,无盐同淡,无处不均匀,无处不饱暖"的口号更加平等,更具诱惑力。从桃园到瓦岗寨再到水泊梁山,这样的桥段屡见不鲜。

依此,大哥与小弟既然在性命上都是平等的,那么,其他方面的平等更不在话下。吊诡的是,你要是真的相信这一点,你就连小弟也莫得做。

就梁山好汉来说，名义上，他们和宋大哥也是平等的，也可以要求和宋大哥同年同月同日死。实际上呢？你真的以为他们平等吗？

首先是物质分配上的不平等。李忠和周通占据桃花山时，抢了一伙客商，其分配方式是"将金银缎匹分作三分"。李忠和周通各一分，剩下一分，由其他众多兄弟——书中借刘太公之口说了，大约有五七百人，就算七百人吧——平分。也就是说，李忠和周通因为是大哥，他们每人所得的财物，相当于小弟的七百倍。

与李忠、周通这两个贪财好货的大哥比，晁盖大方一些。这也难怪，群雄要推他为梁山第二任领导。刚站住脚时，梁山抢了一伙客商，得到二十余辆车子的金银财物。晁盖把这些财物一分为二，"厅上十一位头领均分一分"，"山上山下众人均分一分"。与李忠、周通各得三分之一比，晁盖为首的十一位大哥，相当于每人各取了二十二分之一，确实厚道得多。不过，大哥与小弟之间仍然没有任何平等可言。

如果一定要说有平等的话，那也只有跻身为大哥之一——也就是混到了"厅上"，才能在财物分配方面，与核心层的大哥没有差距。当然，在更深层的利益分配上，哪怕"厅上"的准大哥，相对于真正的大哥，仍是小弟，只不过是高级小弟而已。二者之间，依然隔着一层可怕的厚障壁。

比如，梁山集团的"厅上"人物中，有不少是发配的罪犯，脸上刺了显眼的金印。天罡里就有宋江、卢俊义、林冲、武松、杨志、朱仝、雷横等人。乱七八糟的金印，非常有碍观瞻，还被人歧视，骂作贼配军。幸好梁山有位名医，叫安道全。安大夫不仅医术高明，在美容方面也卓有成效。他发明了一剂方子，能将金印去掉。——先用毒药轻点，再用好药调治，金印变为红疤后，以良金美玉，研为粉末，天天涂抹。时间久了，红疤慢慢消失。看上去，与普通人相差无几。

大概由于这种美容方式耗资太大，就连打家劫舍的黑社会也难以承受；所以，一直要等到坐稳了大哥宝座，没有人敢对大哥说三道四时，宋江才令安道全为自己启动美容工程。同样，因耗资巨大，就连二把手卢俊义也没机会享受这一待遇。一把手与二把手之间都没真正的平等，何况大哥和小弟？

再如，在大哥与小弟的性命选择面前，更是天下不可以没大哥，小弟却可以剪了一茬又一茬：宋江背生恶疮，命在旦夕，张顺自告奋勇去请安道全。路上，他遭遇截江鬼暗算，如果不是身怀水底潜伏三天三夜的特殊本领，他早就死于非命了。

当他成功地把安道全请到梁山，向众人说起这番惊险遭遇时，"厅上"的头领们皆称叹："险不误了兄长之患。"——众人担心的不是张顺的安全，而是张顺能否请到神医。反过来理解，众头领的意思就是：只要没误了请神医来为大哥看病，那么，张顺纵使死一百回一千回，也是无所谓的，至多不过一个小小的代价罢了。

不仅大哥与小弟的性命不对等，推而广之，大哥父母的命与小弟父母的命同样不对等。李逵眼见梁山上"这个也去取爷，那个也去望娘"，想起自己"只有一个老娘在家里，我的哥哥又在别人家做长工，如何养得我娘快乐"，遂向晁盖和宋江两位头领提出，他也要回乡把老娘接到梁山安度晚年，"快乐几时也好"。不料，接娘上山路上，瞎眼老娘竟在沂岭上被老虎活活吃了，"李逵定住眼，四下里看时，寻不见娘。走不得三十余步，只见草地上一段血迹。李逵见了，心里越疑惑。趁着那血迹寻将去。寻到一处大洞口，只见两个小虎儿在那里舐一条人腿"。

回到梁山，李逵向"厅上"头领们讲述这一惨剧时，这个杀人不眨眼的魔鬼，也罕见地"流下泪来"。然而，他毕生效忠的宋江大哥的反应竟是"大笑"——笑李母被虎吃之悲惨？还是笑李逵怒杀四虎之狂暴？

其实，宋江之大笑，固然有不以兄弟之娘生死为意的潜意识，更在于他看重李逵带了李云、朱富上山加盟，壮大了他在这支强盗团伙中的暴力值。金圣叹对宋江这种赤裸裸的功利与凉薄深为不满，评论说："不悲别人无娘，但夸自家添虎。不吊孝子，但庆强盗。皆深恶宋江之笔法。"

与此相映成趣的是，宋江收了花荣、吕方、郭盛等人，一同浩浩荡荡上梁山。不料他爹怕他落草，派人报假丧骗他回家。尽管众人都央求宋江以大局为重，太公既死，"便到家时，也不得见了。世上人无有不死的父母。且请宽心，引我们弟兄去了"，以后"却陪侍哥哥归去奔丧，未为晚矣"。然而，大哥的爹哪怕死了，也比小弟们的前途更重要。大哥的爹一枝花，小弟的前途豆腐渣嘛。宋江的回答是断然拒绝："若等我送你们上山去时，误了我多少日期，却是使不得。"随即，他抛下了这支因他而决定上梁山的队伍径直回乡。等到宋江大闹无为军，终于铁了心上梁山时，他做的第一件事就是把老爹接来，并表

黑旋风沂岭杀四虎

示"若为父亲，死而无怨"。

当然，由于宋江是大哥，他的接父行动便不像李逵那样独自冒险，而是梁山的一次小规模军事行动——这也是梁山以及江湖的潜规则：大哥的私事，再私也是公事；大哥的小事，再小也是大事；大哥的屁事，再屁也是正事。于是，宋太公安然无恙来到梁山，并安然无恙地度过了幸福的晚年。

只是，不知道黑旋风看到宋太公时，会不会猛然想起他那含辛茹苦一生的瞎眼老娘，在一个月朗星稀的夜晚，在一片松涛阵阵的荒郊野岭，被几头猛虎撕成碎片？黑旋风的心，就不痛吗？其实，也怨不得沂岭上的大虫一家。要怨，只能怨儿子没能混成大哥。一番孝心，枉自断送慈母性命。

就《水浒传》来说，宋大哥控制小弟的办法其实并不复杂，大体有四：一是金钱开路，大撒银子。比如李逵，不过八十两银子就买得他死心塌地了。二是花言巧语，痛说义气。大哥教育我们要讲义气，不过，义气是大哥要求小弟的，小弟却不可以反过来要求大哥。三是权力制约。像宋江这样的大哥，动不动就嚷着要把李逵推出去砍了。虽然他不可能真的把这么好的奴才兼打手灭了，可那些关系不如李逵与大哥亲密的，自然得掂量掂量，反对大哥将多么可怕。四是给小弟们许一个大未来。宋大哥深知，哪怕是山大王，也得有一个高高在上的理想；也就是要给小弟们画一张饼。只有让他们相信或假装相信这张饼的存在和可以获取时，他们才会安心做小弟——听大哥的话，保大哥的驾，唯大哥马首是瞻。庶几，大哥之位，也就坐稳了。

学术篇

江湖吃人考

宋徽宗和宋钦宗这样的天潢贵胄，以及高俅、蔡京、童贯这样的达官显贵，只要不是心理变态，他们当然不会吃人肉。他们名义上不吃人，却是远比清风寨头领或十字坡黑店老板更凶残的吃人不吐骨头者。

鲁迅先生在他的《狂人日记》里，借狂人之口说：

我翻开历史一查，这历史没有年代，歪歪斜斜的每页上都写着"仁义道德"几个字。我横竖睡不着，仔细看了半夜，才从字缝里看出字来，满本都写着两个字是"吃人"。

这吃人，乃是写意，指封建礼教吃人。不过，同样在《狂人日记》里，关于吃人，既有写意，还有写实——那便是真实的吃人了：

他们村里的一个大恶人，给大家打死了；几个人便挖出他的心肝来，用油煎炒了吃，可以壮壮胆子。

动物同类相食，是一种普遍存在的现象。一些昆虫在交配后，会由雌性吃掉雄性，以增加营养，孕育下一代。比昆虫更高级的动物，诸如猫、狗、猪、熊、狮等哺乳动物，也有同类相食的习性。人类自命为万物之灵长，与地球上的其他动物有着本质区别，但若追根溯源，人类也曾有过同类相食——也就是人吃人的暗黑历史。就在几十年前，太平洋一些岛屿上的土著，依然因吃人而被称为食人族。

北宋名义上是"清平世界"（林娘子光天化日之下遭到高衙内调戏时喊出来的），或是"清平世界，荡荡乾坤"（时迁在翠屏山撞见杨雄、石秀杀人时如是说，开黑店的孙二娘也曾如是说），然究其实质，世界既不清平，乾坤也不荡荡。其实，乱自上作，皇帝昏庸，但求享乐；官员颟顸，只知捞钱；江湖上，好汉们占山为王，单是成了气候的，就有四大家——那便是徽宗皇帝御书房的屏风上所写的"山东宋江，淮西王庆，河北田虎，江南方腊"，更不用说像桃花山、清风山、少华山、饮马川、二龙山那种三五百、七八百人的小山寨还有多少。社会动荡，强人横行，吃人事件也就屡见不鲜。

美国心理学家里昂·塞尔查认为，食人现象可以分为三种类型：

其一，责任型。即一些社会习俗认为，如果吃掉去世的亲属或被杀的敌人，就能将他们的力量转移到自己身上。同时，在某些地方，人们认为吃掉亲属遗体，乃是对他们的最大尊重。

其二，绝望型。即在极端条件下，无食可寻，绝望的人们为了活下去，不得不吃掉同类。

其三，欲望型。即食人纯属个人心理变态、精神病或恋物癖的病态表现。

《水浒传》中，描写吃人的地方有好几处。其类型，一部分可以归入欲望型，还有一部分则不在塞尔查划定的三种类型中。

郓城县胥吏宋江杀死包养的阎婆惜后流落江湖，途经强人啸聚的清风山，被十四五个伏地小喽啰活捉。通常来讲，这些落草的强盗，只需把被劫者的钱财搜走即可，宋江是一个黑矮胖的丑男人，也没法做押寨夫人，但清风山的强盗们却是财也要，人也要。喽啰们把宋江捉回山寨，绑在厅前的将军柱上，商议说："大王方才睡，且不要去报。等大王酒醒时，却请起来，剖这牛子心肝做醒酒汤，我们大家吃块新鲜肉。"

及至其中一个大王醒了，问喽啰们从哪里"拿得这个牛子"？喽啰回答了捉拿宋江经过后，又说："拿得来献与大王做醒酒汤。"大王很满意，说："正好，快去与我请得二位大王来同吃。"俄顷，另外二位大王也来了，吩咐说："孩儿们，正好做醒酒汤。快动手取下这牛子心肝来，造三份醒酒酸辣汤来。"

接着，施耐庵花了百十字，写喽啰们如何取宋江的心肝做醒酒汤："只见一个小喽啰掇一大铜盆水来，放在宋江面前；又一个小喽啰卷起袖子，手中明晃晃拿着一把剜心尖刀。那个掇水的小喽啰便把双手泼起水来，浇在宋江心窝里。原来但凡人心都是热血裹着，把这冷水泼散了热血，取出心肝来时，便脆了好吃。"

小喽啰操作的熟练和一整套如何取了心肝才"脆了好吃"的经验可以证明，在清风寨，捉了无辜路人上山去，杀死做醒酒汤给大王吃,其余部位则供众喽啰"吃块新鲜肉"必然不是小概率的偶然事件,而是司空见惯的日常行为。天下乌鸦一般黑,清风山如此,桃花山、二龙山、少华山、饮马川等其他山寨想来也差不多。

如果用塞尔查的食人现象三类型去分析,清风山的头领要吃宋江的心肝,小喽啰要吃他的"新鲜肉",既和第一类型无关,也和第二类型无关——宋江既不是他们的亲属,也不是他们的敌人,而是一个素昧平生的过客;清风山上钱多粮广,好汉们也没沦落到吃不起饭,必须靠吃人才能吊命的地步。

剔除前两种类型,那么,就只能是第三种类型:欲望型。

不论做强人的理由多么充足,也不论大宋的强人如何多似牛毛,在绝大多数人的价值观里,落草为寇都是一桩辱没祖宗的事,就像史进拒绝桃花山三位头领邀请他"只在此间做个寨主"时说的那样,"我是个清白好汉,如何肯把父母遗体来点污了。你劝我落草,再也休题"。唯其如此,宋江和朱仝宁愿做个刺配的犯人,也绝不愿加入梁山。只有三阮兄弟这种赤贫的、看不到未来和希望的最底层的草根,才会对"不怕天,不怕地,不怕官司,论秤分金银,异样穿绸锦,成瓮吃酒,大块吃肉"的绿林生活不胜向往。

一旦落草做了强人,就意味着与整个正常社会为敌,既要冒着点污了父母遗体的恶名,还要担着被官军进剿,或战死,或战败被俘杀的极大风险,乃是真正的刀头上舔血。这种非正常的生活下,吃人——不论是醒酒汤还是新鲜肉——既是一种心理变态的异样癖好,同时,好汉们也用这种耸人听闻的行动来标新立异，来给自己壮胆，以表明自己对正常社会的蔑视和势不两立。

幸好，原本要成为清风山强人盘中餐的宋江，在那柄锋利的尖刀即将刺进他那颗怦怦乱跳的小心脏时，他及时地喊了一声"可惜宋江死在这里"。山东及时雨宋公明这个名字，相当于彼时江湖上的驰名商标，大大小小的江湖好汉无不如雷贯耳。于是，这个武功稀松平常，江湖经验也相当有限的菜鸟，才免于不明不白地死于小喽啰的尖刀下。

清风山的三位头领没吃上用宋江心肝做的醒酒酸辣汤，小喽啰们也没吃上一块新鲜肉，这只是小概率的意外事件。如果被绑在将军柱上的不是宋江，又或者宋江没及时喊上一句，那么，他就只是一堆会走路会说话的新鲜食材。

书中真正充当了食材的是另外两个人——他们没有宋江那样的江湖名望，并且，还是梁山好汉的敌人。一个是黄文炳。一个是李鬼。

把黄文炳和李鬼当作食材的是同一个人，即黑旋风李逵。梁山泊一百单八将中，距离人性最遥远，最没有脱离蒙昧、野蛮状态的，李逵要说是第二，没人敢说是第一。

黄文炳曾做过通判，因江州知府蔡九是蔡京的儿子，他努力奉承蔡九，"指望他引荐出职，再欲做官"。故此，"时常过江来谒访知府"。赋闲的官员希望借助官二代之力东山再起，这本没什么大不了的，可谓官之常情。不料，黄文炳不但政治敏感过人，而且又想在蔡九知府面前显示自家才干，因而在浔阳楼上看到宋江写的两首歪诗（一诗一词）后，立即抄录下来，前往蔡九知府处举报。

宋江得到戴宗通风报信，装疯失性，蔡九知府已被瞒过，却被黄文炳识破了——以后，黄文炳又识破吴用伪造的蔡京书信。种种端倪说明，黄文炳确有几分本事，完全不是倚仗父辈权势主政一方的蔡九知府可比。

黄文炳没想到的是，他的本事和欲显示本事之举，却为他招来杀身大祸。梁山好汉从法场上劫走死囚宋江、戴宗后，又设计攻破无为军，冲进黄文炳家中，把黄文炳一门内外大小四五十口尽皆杀死。黄文炳本人做了俘虏，俘虏的下场更惨：新鲜食材。

有意思的是，其时梁山大头领是晁盖，被黄文炳害得绑赴刑场砍头的是宋江，但吃掉黄文炳的却是李逵。晁盖听李逵说"我与哥哥动手割这厮，我看他肥胖了，倒好烧吃"时，便说："说得是。教取把尖刀来，就讨盆炭火来，细细地割这厮，烧来下酒，与我贤弟消这怨气。"

李逵吃黄文炳，符合食人现象三大类型中的第一类，即责任型。黄文炳是宋公明大哥的仇人，自然也是自从结识之后就唯宋大哥马首是瞻的李逵的仇人。吃掉仇人的肉，主要是为了消解胸中怨气。因此，仇人在被吃下去的同时，还要尽量让他死得足够惨，足够痛，好汉们才心满意足。

黄文炳做了李逵的人肉烧烤，他被绑在柱头上，眼睁睁地看着自己身上的肉被李逵割下来，放到炭火上烤得香喷喷地吃下肚去。作为新鲜食材，他还要派上另一个大用场，那就是好汉们都酷爱的人心人肝醒酒汤——"李逵方才把刀割开胸膛，取出心肝,把来与众头领做醒酒汤"。

这是差点做了清风山三头领醒酒汤食材的宋江,第一次吃到人心人肝醒酒汤。

李逵吃的另一个人是李鬼。黄文炳是官员,李鬼是社会小混混,二人地位天壤之别,却不免都落入李逵腹中。李逵回老家沂水搬取母亲时,途经沂岭,遇到一条大汉,"戴一顶红绢抓角儿头巾,穿一领粗布衲袄,手里拿着两把板斧,把黑墨搽在脸上"——正是劫道的李鬼。不过,李鬼自称是黑旋风李逵。原来,黑旋风好杀人,"江湖上有名目,提起好汉大名,神鬼也怕"。李鬼便冒充李逵,"但有孤单客人经过,听得说了黑旋风三个字,便撇了行李奔走了去,以此得这些利息"。

因凶恶而有名,因凶恶有名而被小混混冒名,作为偶像的李逵似乎没有心生骄傲,反而恨李鬼功夫低微,坏了自己的名声——自然不是什么好名声,而是地地道道的坏名声,但坏名声也是名声。所以,李逵要杀李鬼。情急之下,李鬼称李逵杀一个便是杀两人——他家里还有九十岁的老母。李逵本是杀人不眨眼的魔君,难得生了一回怜悯,他不仅放过了李鬼,还取出十两银子让他做本钱,"便去改业"。

李鬼回家,发现李逵正在他家向他老婆买饭吃。夫妻俩暗中商量,"寻些麻药来,放在菜内,教那厮吃了,麻翻在地,和你却对付了他,谋得他些金银,搬往县里住去,做些买卖,却不强似在这里剪径"。

看来,李鬼不仅武功差劲,江湖经验也属菜鸟。如此秘密的阴谋,竟教李逵听了个一清二楚。于是,李鬼被李逵杀死,

假李逵剪径劫单人

李鬼老婆只身逃跑——"李逵捉住李鬼,按翻在地,身边掣出腰刀,早割下头来。拿着刀,却奔前门寻那妇人时,正不知走那里去了。"此时,灶上的饭熟了,"只没菜疏下饭。"李逵吃了一碗米饭,突然笑了。他笑自己是"痴汉","放着好肉在面前,却不会吃"。好肉在哪里呢?在刚死去的李鬼身上。他"拔出腰刀,便去李鬼腿上割下两块肉来,把些水洗净了,灶里扒些炭火来便烧,一面烧,一面吃"。

李逵吃李鬼,似与食人现象三大类型都不合。纯粹是真的喜欢吃人肉,尤其是烤人肉。

大宋江湖上,李逵或是其他山大王吃人,一般而言,都明知是人肉而食之。江湖上行走的另一些人,却在不知不觉中吃了人肉。那便是南来北往的客人。这些客人在不少路边店里,都有可能把人肉当作水牛肉或黄牛肉放进嘴吃下肚。更有倒霉蛋,不仅吃了"水牛肉黄牛肉",就连自身也做了别人嘴里的"水牛肉黄牛肉"。

孟州城外十字坡,母夜叉孙二娘和菜园子张青领着一伙人,开了一家卖酒肉的黑店。武松刺配孟州,途经此地,若不是武松警惕性高,见孙二娘"瞧得我包裹紧,先疑忌了,因此特地说些风话,漏你下手",必然着了道儿,做了其他客人的食材。孙二娘夫妇与武松不打不相识后坦然相告:"……来此间盖些草屋,卖酒为生。实是只等客商过往,有那入眼的,便把些蒙汗药与他吃了,便死。将大块好肉,切做黄牛肉卖,零碎小肉,做馅子包馒头,小人每日也挑些去村里卖。"武松之前,曾有另一位响当当的好汉便中了招,被酒里的蒙汗药麻翻,已扛入作坊里，正准备动手开剥，幸好张青从外面回来，"见他那条禅杖非俗，却慌忙把解药救起来，结拜为兄"。那好汉便是花和尚鲁智深。

像鲁智深那样被扛入作坊，行将像宰杀后的猪羊那样开肠破肚的好汉，还有神行太保戴宗。戴宗遭遇的黑店，乃是素以替天行道标榜的梁山所开。幸好，戴宗被蒙汗药麻翻后，"火家正把戴宗扛起来，背入杀人作坊里去开剥"时，朱贵从戴宗便袋里搜出了蔡九知府给父亲蔡京的家书，上面写有拿得宋江并监收在牢听候处理的话。惊疑之际，他又看到了即将成为新鲜食材的戴宗，身上挂着朱红绿漆宣牌——相当于如今的工号牌。朱富遂吩咐手下"调了解药，扶起来灌将下去"，把戴宗救了过来。

作为黑店老板，张青说他曾告诫过妻子，"三等人不可坏他。第一是云游僧道，第二是江湖上行院妓女之人，第三是各处犯罪流配的人"。不过，张青的告诫，他的浑家孙二娘实操时似乎并未放在心上，比如身为僧人的鲁智深就被麻翻了，幸好张青回来及时，鲁智深才没被糊里糊涂地干掉。另一个头陀却没有这样的好运气，"也把来麻坏了，小人归得迟了些个，已把他卸下四足"。这头陀留下的遗物——一个箍头的铁戒尺，一领皂直裰，一张度牒，一件一百单八颗人顶骨做的数珠和两把雪花镔铁打成的戒刀。后来武松血溅鸳鸯楼，犯下弥天大罪，为主流社会所不容，只好依孙二娘主意扮作假行者。他身上那些行头，就来自于这位成为食材的不知名的头陀。

来往的客人，只要是"包裹沉重"，似有些银两的，在张青、孙二娘和他们那些伙计手下，几乎无一例外地被下药麻翻，扛入作坊，开膛剖肚，如宰牛羊。当张青引武松走进人肉坊时，武松看到的是一幅极为惊悚的画面："壁上绷着几张人皮，梁上吊着五七条人腿。"

最可笑的是两个押解武松的公人。在武松要求下，张青将解药灌下去，没半个时辰，两个公人便如梦中睡觉的一般，爬将起来，看了武松，说道："我们却如何醉在这里？这家甚么好酒，我们又吃不多，便怎地醉了！记着他家，回来再问他买吃。"

如果说《水浒传》中所讲的吃人是小说家言的话，那么，几千年中国历史上，食人之事并不鲜见。翻翻二十四史，"人相食""食人"之类的记载俯拾即是。宋江酒后在浔阳楼题写反诗，其中有一句是：他年若遂凌云志，敢笑黄巢不丈夫。黄巢是唐末农民起义领袖，他的造反乃导致唐朝垮台的重要原因。不知宋江是否清楚，黄巢的吃人，远比山寨里拿住一两个落单的客人，挖出心肝做醒酒汤更规模化和日常化。《旧唐书》记载，黄巢"围陈郡三百日，关东仍岁无耕，人饿倚墙壁间，贼俘人而食，日杀数千。贼有春磨砦，为巨碓数百，生纳人于臼碎之，合骨而食，其流毒若是"。此事，鲁迅在《"抄靶子"》中说过，"黄巢造反，以人为粮，但若说他吃人，是不对的，他所吃的物事，叫作'两脚羊'"。

水浒故事发生在宋徽宗主政的宣和年间，宣和年号用了六年多。第七年，宋徽宗在金国大兵压境时选择了撂挑子，把皇位禅让给儿子宋钦宗，钦宗改元靖康。靖康之变，天下大乱，人相食不再是宣和时绿林好汉或黑店老板的专利，而是成为一种普遍现象。庄绰在《鸡肋编》卷中称："自靖康丙午岁，金狄乱华，六七年间，山东、京西、淮南等路，荆榛千里，斗米至数十千，且不可得……人肉之价，贱于犬豕，肥壮者一枚不过十五千，全躯暴以为腊。登州范温率忠义之人，绍兴癸丑岁泛海到钱塘，有持至行在犹食者。老瘦男子谓之饶把火，妇人少艾者名之不羡羊，小儿呼为和骨烂，又通目为两脚羊。"

宋徽宗和宋钦宗这样的天潢贵胄，以及高俅、蔡京、童贯这样的达官显贵，只要不是心理变态，他们当然不会吃人肉，也不会好奇地去品人心人肝做的醒酒汤。然而，这些大宋朝的决策者们，由于他们决策失误，由于他们贪于享乐，昏庸无能，由于他们结党营私，混乱朝纲，却使千千万万的弱者沦为强者的食材，沦为饶把火、不羡羊、和骨烂、两脚羊……他们名义上不吃人，却是远比清风寨头领或十字坡黑店老板更凶残的吃人不吐骨头者。

梁山好汉经济收入考

好汉们收入迥异，花钱自然也大为不同。谁有钱且又愿意把钱拿出来大家花，谁就是最讲义气的好汉。说到底，义气也建立在经济基础之上，所以，矮胖的宋江武功低微，反而是人气最盛、人望最高的英雄。

《水浒传》里有不少武打描写，梁山一百〇八将，除了神医安道全不会武功外，其余一百〇七人，哪怕书法家萧让和雕刻家金大坚，都是练家子。书中说，萧让"会写诸家字体，人都唤他做圣手书生。又会使枪弄棒，舞剑抡刀"；金大坚"开得好碑文，剔得好图书玉石印记，亦会枪棒厮打"。只有安道全，"是个文墨的人，士大夫出身，不会走路，行不得三十余里，早走不动"，走路都艰难，不可能会武功。从这一意义上讲，《水浒传》似乎具备武侠小说的元素。不过，它又的确不是武侠小说。用金庸的武侠小说对比《水浒传》，我发现一个颇有意思的细节：金庸武侠小说里，游走江湖的侠客们即便不是挥金如土，也几乎从不用为钱发愁，书中也甚少关于侠客们经济收入即如何挣钱的叙述。总之，金庸笔下的侠客，在经济上都有一种超然物外的潇洒，仿佛身边总有取之不尽，用之不竭的银两。《水浒传》却不同，书中各色人等，哪怕上应星辰的正偏头领，也同我们一样，都生活在活生生的现实中，各有各的挣钱门道，从而构成了梁山好汉的经济账。

大体说来，梁山好汉落草前，其经济收入，大致有以下几种情况：

其一，继承祖业。祖业分为两种。第一种是中国农耕时代最常见也最重要的土地。比如史进，祖居华阴县史家村，"村中总有三四百家，都姓史"，这些姓史的村民，皆是史进家的庄户，即从史进家租地耕种的佃农。一家人的土地，足够三四百户人耕种，那么，史进家到底有多少土地呢？我们可以粗略估算一下。在亩产极低的传统农业时代，一家人要想维持生活，至少得有几十亩地，哪怕以每户五十亩计，史进家的土地都在一万亩以上。一万亩土地出租，再加上家中几十名庄客自耕一部分，其收入自然相当可观。

宋代地主收取地租有两种方式，一种是固定收入，以江南为例，膏腴之田，一亩收谷三斛；下等之田，一亩收谷二斛。另一种是分成收入。假设史进家按固定收入收取地租，那么，他家一万亩地，哪怕以下等田计，一年也要收入两万斛。一斛即一石，唐朝以前，一斛为十斗，即一百二十斤；宋朝始，改为一斛五斗，六十斤。折算下来，史进家一年的地租收入就是谷物一百二十万斤。一百二十万斤谷物，放在今天，换成钱大概有好几百万。

史家虽是地连垄亩的大地主，但与柴进和李应相比，仍要逊色许多。

柴进是"大周柴世宗嫡派子孙"。柴世宗是何方神圣呢？众所周知，享国近三百年的唐朝灭亡后，出现了一段七十余年的分裂期。在中原，先后建立了后梁、后唐、后晋、后汉和后周五个短命王朝，史称五代。中原之外，其他地区存在过前蜀、后蜀、南唐、吴越等十个割据小王国，史称十国。这一时期，即五代十国。

五代的最后一个王朝后周，建立者为郭威。郭威去世时，因其两个亲生儿子均于此前被汉隐帝所杀，膝下无子，遂由养子柴荣即位。柴荣在位六年驾崩，庙号世宗，即《水浒传》所说的柴世宗。柴世宗死后，其子柴宗训即位，年仅七岁。主少国疑，赵匡胤陈桥兵变，黄袍加身，柴宗训被迫让出皇位，降封郑王，迁到房州居住。

由于柴家让位有功，当然，更重要的是赵匡胤为笼络人心，显示其胸襟与气量，他曾留下遗训，要求后人善待柴家，如旧题陆游《避暑漫抄》记载："柴氏子孙有罪，不得加刑，纵犯谋逆，止于狱中赐尽，不得市曹刑戮，亦不得连坐支属。"这就是书中所说的柴家拥有宋太祖颁发的丹书铁券的来历。

政治上，柴进因是柴世宗嫡派子孙，从而成为大宋王朝的优待对象，享有凌驾于法律之上的特权。柴进曾对宋江夸口说："兄长放心，便是杀了朝廷的命官，劫了府库的财物，柴进也敢藏在庄里。"

经济上，柴进乃前朝龙子龙孙，祖辈的余荫足以让他过上优渥乃至奢侈的生活。柴进在沧州四十里地之间，拥有两座庄院。这两座庄院规模之大，房舍之精，显非史进的史家庄或是晁盖的东溪村可比。林冲刺配沧州时，顺道拜访柴进，施耐庵借林冲之眼让读者看到了柴家西庄："……万株桃绽武陵溪，千树花开金谷苑……朱甍碧瓦，掩映着九级高堂；画栋雕梁，真乃是三微精舍。"后来，宋江亡命江湖，投奔柴进，施耐庵又借宋江之眼让读者见识了柴家东庄："……数千株槐柳疏林，三五处招贤客馆。深院内牛羊骡马，芳塘中凫鸭鸡鹅。仙鹤庭前戏跃，文禽院内优游……"

两座大庄院及周边上万亩良田外，柴进上梁山时，他的家产就装了二十余辆车子——这二十余辆车子所装，不可能是粗笨的家具或粮食，而是金银细软、字画古玩。

李应是独龙冈李家庄的庄主，书中没直接说他如何富有，但可以间接加以推测。李家庄与祝家庄和扈家庄三足鼎立，梁山打下祝家庄后，除金银财宝、牛羊骡马外，单是粮食，就有"五千万石"。哪怕李家庄的存粮只有祝家庄的十分之一，那也有五百万石，即三亿斤，相当于史进家二百五十年的地租总收入。

宋朝时，商品经济十分发达，所以另有一些好汉从先人那里继承的不是土地和庄院，而是商号。这以卢俊义为代表。

卢俊义出场前，宋江和吴用在谈起他时，吴用称卢俊义"北京城里是有个卢大员外"，宋江称卢俊义"是北京大名府第一等长者"。卢俊义出场时，施耐庵说他"驰声誉，北京城内，元是富豪门"。可见,卢俊义不仅武功高强,而且位尊多金。书中,对卢俊义的商业版图没有具体描述,只能从侧面看出些蛛丝马迹——李固是卢家"为头的管家私的主管","手下管着四五十个行财管干"。行财管干,可以理解为卢家聘请来负责商业运营的职业经理人。卢家的生意之广之大,单是职业经理人就有四五十个。另外,李固为了谋害卢俊义,向蔡福兄弟行贿,一出手就是五百两金子——须知,一百两金子就逼得宋江不得不杀了阎婆惜,这却是五百两;并且,拿出五百两金子的,只是卢家主管。

其二,俸禄。宋朝官员的收入,曾多次改革,从宋初到宋末,经历了一个由低到高、由微薄到丰厚的过程。水浒故事发生在徽宗年间,系元丰改制之后,职官制度与宋朝初期和中期颇多不同。要言之,宋朝的官员,同时有官、职和差遣,决定他们俸禄多寡的是官的高低,其次是差遣的大小和职的有无。总体来说,五品以上高官,待遇非常优厚;五品以下中下级官员,待遇却很差。比如县尉——也就是都头们的顶头上司——的月俸,在神宗时不过五贯九百五十文,后来虽有增加,仍然很低,乃至有县尉写诗发牢骚称:"五贯九百五十俸,省钱请作足钱用。妻儿尚未厌糟糠,僮仆岂免遭饥冻?赎典赎解不曾休,吃酒吃肉何曾梦?"

梁山一百〇八将中,上山之前,有好些个在官府任职,但究其实质,要么是低级官员,要么是不入流的小吏。并且,由于施耐庵似乎对宋朝官制并不熟悉,他所写的这些好汉担任的职务,常常东拉西扯,与真实历史相差甚远。其中,关胜是巡检,花荣是知寨,也相当于巡检。巡检乃是在市镇、关隘要害处所设的巡检司的首长,全称为巡检使,属县令节制,正九品。呼延灼是汝州都统制。宋朝其实没有都统制这一职务,反倒是金国曾设过。按小说中的情况推断,呼延灼相当于汝州驻军长官,级别自然比关胜和花荣高,约相当于六品或七品。呼延灼征梁山时,朝廷给他配了两名副将,即韩滔和彭玘,两人的职务均为团练使,一个是陈州团练使,一个是颍州团练使。团练使起于唐朝,级别较高,乃是仅次于节度使的地区——一州或数州——的军事负责人。宋朝也设团练使,系虚职。以小说中情况而言,韩、彭二人也相当于州驻军长官。

几个武将外,其他在官僚体制内混过的,级别更低,比如宋江的郓城县衙押司,雷横、朱仝、武松、李云等人当过的县都头,都不在官的行列,而是属于无品的不入流的小吏了。

按宋朝高级官员待遇优厚而中下级官员待遇甚差的特点,这班人的俸禄应该都不高。不过,这些人却没有一个因工资低而受穷,这就得拜灰色收入之所赐了。

其三,灰色收入。古人说,千里做官只为财。又说,靠山吃山,靠水吃水。下级官员和小吏本身的正常收入不高,但他们要直接与民间打交道,就有各种机会捞取灰色收入。从《水浒传》看,灰色收入实际上占了他们收入的大头。

比如劫取生辰纲事发,宋江及时通风报信,晁盖等人才顺利逃过抓捕。为了报答宋江恩情,晁盖在梁山立住脚后,立即派刘唐上门,给宋江送上一百两黄金。再比如雷横,他和晁盖是朋友,和宋江也是朋友,既收过晁盖的银子,也收过宋太公的银子。更有甚者，他出差时途经梁山泊，"一连住了五日"，辞别时，"众头领各以金帛相赠"。其时梁山已有近六十位头领，对晁、宋以外的其他头领来说，雷横是两个老大都如此尊重的救命恩人，他们赠送的金帛自然不会少。雷横顺路去梁山走的这一趟，其收入，恐怕超过他的俸禄上百倍也不止。

宋江为吏多年，深知灰色收入这一潜规则。他发配到江州时，差拨到他房中，他忙主动献银十两，"管营处又自加倍送银两并人事"，"营里管事的人并使唤的军健人等，都送些银两与他们买茶吃，因此无一个不欢喜宋江"。不过，对另一个级别在管营和差拨之上的官员，宋江却没有任何表示，差拨提醒他："贤兄，我前日和你说的那个节级常例人情，如何多日不使人送去与他？今已一旬之上了，他明日下来时，须不好看，连我们也无面目。"果然，次日，这个没及时拿到常例人情的节级一见宋江便破口大骂："你这矮黑杀才！倚仗谁的势要，不送常例钱来与我？"由此可见，每个新来的犯人，向下到差拨中到管营上到节级的牢城一应官吏送银子，乃是不成文的、铁打的规矩。当然，宋江不送银子给节级事出有因——节级便是神行太保戴宗。

节级一职，唐宋时是军中小校，后来又成为狱节级的省称。书中说戴宗的职务是江州两院押牢节级，那便属于后者。放到宋朝，是不入流的小吏。当然，这个小吏的油水比较丰厚，生活水平相当不错。与此相比，他手下的小牢子李逵，没有灰色收入滋润，只有几个死工资，日子就过得很是狼狈，想要请宋江大哥吃杯酒也没钱。

灰色收入的来源，最独特的要数金眼彪施恩。施恩是管营的儿子，并非体制内官吏，无法像管营、差拨、节级那样收受犯人常例人情，却另有一条非常稳定的谋财之道。孟州东门外的快活林，"山东、河北客商们，都在那里做买卖，有百十处大客店，三二十处赌坊、兑坊"。施恩在快活林开了一家酒肉店，酒肉店只是幌子，更重要的是，他仗着父亲牢城里"八九十个弃命囚徒"，"但有过路妓女之人，到那里来时，先要来参见，然后许他去趁食"。"那许多去处每朝每日都有闲钱，月终也有三二百两寻觅，如此赚钱。"就是说，他乃是快活林的黑道老大，在快活林做生意的商家都得向他按月交纳保护费。保护费之丰厚，以至于张团练也眼红。张团练碍于官员身份，看上了黑道保护费，也不会亲自动手，而是由蒋门神出面充当白手套。这样，才有了后来武松发配到孟州被施恩相中，并充当施恩打手，重新夺回快活林的故事。重夺快活林后，施恩的保护费翻了一番——"各店家并各赌坊、兑坊，加利倍送闲钱来与施恩"。

其四，抢劫分赃。《水浒传》中的山寨成员，不事生产，不做买卖，还要大碗喝酒，大块吃肉，唯一的来源就是抢劫。那些从山寨及周边经过的行人客商，轻则蚀财，重则财命两失。单靠打劫行人客商，不足以养活如此众多的成员，那么，周边村镇便是他们的洗劫对象。比如梁山攻打祝家庄和曾头市，双方有过节是导火索，梁山觊觎人家的财富才是最根本的深层原因。

抢劫到手的如果是粮食,那自然存储在山寨里,大家共同食用。如果是金银绸缎,那就要分赃。正如对山寨事务的话语权,小喽啰们只能听头领的一样,在分赃比例上,也是头领多吃。桃花山"山上有两个大王,扎了寨栅,聚集着五七百人"。这两个大王,便是李忠和周通。他们抢得一伙客人的两辆车,车上尽是金银绸缎,分配方案是分作三份,李忠和周通各得一份,其他喽啰们共得一份。就是说,小喽啰分赃所得,仅相当于首领的七百分之一。

其五,犯罪收入。占山为王,公然对抗官府,是极为严重的犯罪行为。还有一些犯罪行为,罪行也很重,只不过,它不是公开的,而是秘密进行的。如果说占山为王抢劫行旅是豪夺的话,那他们就是巧取。比如开黑店的张青和孙二娘夫妇,以及要客人吃板刀面的水匪张横、张顺兄弟。他们的收入也相当可观——不可观,他们也没必要干这种杀人越货见不得光的勾当了。武松刚与张青夫妇相识,张青便送了武松十两银子,同行的两个公人也各有二三两零碎银子。并且,张青夫妇的黑店真正的黑在于,谋财害命之后,就连受害者的尸体也要充分利用,"大块好肉,切做黄牛肉卖,零碎小肉,做馅子包馒头"。

其六,劳动所得。劳动所得,这在历朝历代都是最普遍最正当的谋生方式,但于梁山好汉而言,最普遍最正当的谋生方式反而占比最少,个中奥妙,可能在于劳动所得,尤其是体力劳动所得实在太微薄。

先说脑力劳动。智多星吴用上山前,论功名,是个秀才,论职业,是一家只有几个孩子的私塾的先生。私塾先生收入极低，仅能糊口。《儒林外史》中讲，周进发达前，在山东汶上县薛家集教书，主要收入是"每年馆金十二两银子"。之所以说是主要收入，乃是逢年过节，学生们会给先生封个红包。当然，红包都很小，"合拢了不够一个月饭食"。周进当先生，是在明宪宗成化年间。查史料可知，其时，山东米价为"一石准银二钱五"，即一石大米的价格是二钱五，也就是四分之一两银子。周进的年薪，可买大米四十八担，也就是二千八百八十斤。年节红包加在一起，肯定也还不到四千斤大米。就算四千斤，以今天大米五元一斤计，也才仅仅两万元。

吴用与周进一个生活在宋朝，一个生活在明朝，但同为私塾先生，收入差距应该不大。那么，吴用也是一个地地道道的穷书生，才会在听说要劫取生辰纲后，立即兴奋地出谋划策。

再说体力劳动。体力劳动者，上梁山前的好汉中，有渔民，有猎人，有走州撞府卖艺的江湖艺人。其收入，最差的就是渔民。吴用到石碣村说三阮撞筹时，身为渔民的三阮，不论衣着还是居所，都是一派赤贫者的窘迫状。不仅阮小七一文不名，不得不把老娘头上的钗儿也索去充赌资，就连晚上吃喝的酒菜，也得吴用掏出一两银子——这一两银子相当于吴用大半个月的收入，想必，也不是他这个穷知识分子的，而是晁盖的。对于登州猎人解珍、解宝兄弟，书中没有涉及其财务情况。以常理度之，打猎为生，又有几个能发家致富呢？并且，解氏兄弟年轻力壮，早到了男大当婚女大当嫁的年龄，却都"不曾婚娶"，也可能和家境清寒有关。

与渔民和猎民相比，跑江湖的艺人的收入可能略高一些，但同样还是穷人。艺人走南闯北，依靠耍枪弄棒招徕观众，再向观众推销膏药。这样的收入，显然不稳定；这样的营生，显然很辛苦。病大虫薛永在揭阳岭镇上"使了一回枪棒"，拿起盘子，求围观者或买膏药或打赏，但"没一个出钱与他"。又要第二次，"众人都白着眼看，又没一个出钱赏他"。此时，站在旁边看热闹的宋江"见他惶恐"，便取了五两银子给他。五两银子不是一个小数，吴用先生要教小半年的书，三阮要打小半年的鱼。薛永非常感激，把文面犯人尊称为"恩官"，并"愿求恩官高姓大名，使小人天下传扬"。

同样是跑江湖的打虎将李忠，就没有遇到宋江这样的"恩官"——官倒是遇到了，但不是"恩官"。渭州城里，史进与鲁达结识后，二人同去吃酒，路遇正在卖艺的李忠，及后，鲁达与李忠有几句对话——

鲁达：既是史大郎的师父，同和俺去吃三杯。

李忠：待小子卖了膏药，讨了回钱，一同和提辖去。

鲁达：谁奈烦等你，去便同去。

李忠：小人的衣饭，无计奈何。提辖先行，小人便寻将来。

鲁达是经略府的提辖，待遇优厚，自然不能理解吃江湖饭的底层艺人的艰辛，对这种草根职业也颇为不屑。所以，他一下子就焦躁起来，把那看的人一推一跤，便骂道："这厮们挟着屁眼撒开，不去的洒家便打。"众人见是鲁提辖，一哄都走了。

鲁达赶走了李忠的衣食父母，李忠敢怒不敢言，还得赔着笑跟他去酒楼。等到鲁达要资助金翠莲父女回乡，他自己拿了五两银子，并表示"今日不曾多带得些出来"，问史进和李忠借。史进拿出十两银子，李忠拿出二两银子。鲁达见状，认为李忠小气，当即骂他"也是个不爽利的人"，把二两银子"丢还了李忠"。李忠的二两与史进的十两相比，自然是史进多而李忠少。但考虑到二人身份——一个是辛苦跑江湖挣血汗钱的艺人，一个是继承庄园的富家少爷，二两银子对李忠的重要性，远远超过了十两银子对史进的重要性。由是，李忠其实根本不是鲁达口中所说的不爽利的人。

好汉们收入迥异，花钱自然也大为不同。宋江、柴进、史进，这些人都很大方，尤其是宋江和柴进。这当然和他们的经济收入有关。谁有钱且又愿意把钱拿出来大家花，谁就是最讲义气的好汉。说到底，义气也建立在经济基础之上，所以，矮胖的宋江武功低微，反而是人气最盛、人望最高的英雄。卢俊义这样的大富豪，当他被押往沙门岛时，身无分文，这也才第一次体会到了无钱的苦处。

好汉们上山前的经济收入，也直接影响了他们上山后对招安的态度。简言之，上山前收入越高越富有的，对招安也就越心怀渴望。这些人最希望回到从前。从前，他们跻身主流社会，有地位有身份，吃香的喝辣的。上山前收入越低越贫穷的，对招安也就越心怀抵触。从前他们是底层，身处社会边缘；上山后，虽然仍处于社会边缘，但从经济上讲，却有了天翻地覆的变化。是以他们拒绝招安，愿意在烟水苍茫的梁山泊，快乐而恣意地过一生。

梁山组织人事考

人尽其才，物尽其用的大原则下，人事安排上还有一些不能公开的潜规则。那是宋江的御下之术。即让兄弟们互相制衡，便于他的最终掌控。

从本质上说，梁山是一个有组织有纪律的暴力团伙。纵观其数年间的发展，不难发现，它经历了一个由粗放到精细，由松散到严密的进阶过程。随着时间推移，梁山渐渐在组织原则和人事安排上形成了相对于官府来说更优化的制度。这，大概也是梁山屡败官军，成为赵家心腹大患的重要原因。

梁山草创之初，并不起眼；或者说，除了梁山泊"方圆八百余里，中间宛子城，蓼儿洼"，占有水陆皆备、易守难攻的地利的话，就兵马数量来说，仅有七八百喽啰，与桃花山、清风山、二龙山和少华山等山头区别并不大。并且，当时仅有四位头领，即王伦、杜迁、宋万和朱贵。四人武艺平平，不要说无法与二龙山的鲁智深、杨志、武松或是少华山的史进、朱武、陈达、杨春较量，即便与桃花山的李忠、周通，清风山的燕顺、郑天寿、王英，或是饮马川的郭盛、吕方相比，都不在一个量级上。

不过，优于其他山头的是，梁山在人事安排上有自己的特点。除了王伦为山寨之主，杜迁、宋万为山寨之副外，第四号头领朱贵长年驻守在枕山靠湖的梁山外围，以开酒店为幌子，主持情报站，负责打探消息及接待江湖豪杰。在组织原则上，则以资历排位。王伦本是个不及第的秀才，"因鸟气合着杜迁来这里落草"，他武功低微，心胸狭窄，但毕竟是梁山基业的开创者，自然坐第一把交椅。顺理成章，与他一同落草的杜迁坐第二把交椅。及后，宋万上山，"武艺也只是平常"，坐第三把交椅。朱贵武功似不在杜迁、宋万之下，且于人情世故方面更加通达，但来得晚，只能坐第四把交椅。最委屈的无疑是林冲。林冲文武双全，甩这四位头领好几条街，但在以资历排座次的组织原则下，他只能坐第四把交椅，排在宋万之后，朱贵之前。

晁盖劫取生辰纲东窗事发，带着吴用、公孙胜、刘唐及三阮上山，这几个人的本领，个个都在除林冲外的其他四位头领之上。王伦担心接纳了晁盖，以后就有人被架空，山寨落入他人之手的极大风险，是故婉言推辞。不想，此举却引发林冲不满。在吴用挑拨下，林冲火拼王伦，梁山大当家易主，由王伦时代进入晁盖时代。

晁盖时代的第一次排座次，大体以个人能力和江湖声望为考量标准：晁盖是群龙之首，当然是寨主的不二人选。吴用是军师，该当是二号人物。公孙胜既有参谋之功，还是法师，宜坐第三把交椅。林冲武功高强，手刃王伦有功，坐第四把交椅毫无悬念。以下刘唐、三阮，本领均在旧头领杜迁、宋万、朱贵之上，排名也在三人之前。至于人事安排，也较王伦时代有了进步，虽然还不像后来那样各司其职，责权分明，大体却有一个分工："吴学究做军师，公孙胜同掌兵权，林教头等共管山寨。当等众人各依旧职，掌管山前山后事务，守备寨栅滩头。"

晁盖时代的梁山，前来投奔的好汉络绎不绝，实力日益强盛。晁盖在攻打曾头市中箭身死时，后来的梁山一百〇八将，此时已有一百人，仅余卢俊义、关胜、董平数人还未上山。至于兵马，更是从王伦时代的七八百人，发展到五六千人。

晁盖死后，梁山进入宋江时代。宋江时代既是梁山登峰造极的巅峰，也是梁山土崩瓦解的崩溃。换言之，梁山事业在宋江手里做到了极致，也做到了尽头。

正是宋江时代，梁山的组织原则与人事安排终于定型。忠义堂前，自天而降的石碣就是明证——几乎可以肯定，石碣这东西，肯定是宋江与卢俊义、吴用和公孙胜串通后做的局，相当于陈胜、吴广的篝火狐鸣，乃是借上天名义行事。如果不借上天之名，好汉们对排名先后，恐怕不仅要各抒己见，甚至可能大打出手。

假借虚无缥缈的上天安排座次，一定出自核心领导层，尤其是一把手宋江的意志。而宋江的意志，或者说核心领导层的意志，当然也就是已然成型的梁山组织原则与人事安排的集中体现。

大体说来，梁山的组织原则，有如下几条：

其一，业务水平。梁山是一个刀头舔血、以武力立足的军事组织，业务能力关系到生死存亡。业务水平包括两个方面，即动脑和动手。吴用虽是一介书生，可他善用计谋，其暴力能力同样出类拔萃，他属于头脑型头领。其他冲锋陷阵的大小头领，大多属于手足型头领。以各位头领的武力值作为业务水平来考核，并确定其排名座次，这是梁山组织原则中最重要的一条。这一条，也相对公平公正。

依据这一原则，四大核心头领之后，便是五虎将：关胜、林冲、秦明、呼延灼和花荣。五虎将的武功——即业务水平——在梁山中属于顶级存在。不过，排在他们之后的，也有不少人的武功和他们处于同一级别，比如鲁智深和武松。但鲁智深和武松不仅排在五虎将之后，甚至排在功夫远不如他们的柴进、李应和朱仝之后，这明显有违业务水平至上原则。这是因为，业务水平高低是决定排名前后的最重要因素，但不是唯一因素。所以，武功明显比穆弘高得多的孙立，竟然天罡也没入，只能屈居地煞第三。排在宋清后面的李忠、周通、李云、焦挺等人，个个都比宋清能打。至于薛永，轻易把穆春"只一脚踢翻了"，功夫也在穆春之上，但这同样也不影响穆春排名在薛永之前。再如穆春的哥哥穆弘，武功只能算二三流，却位列雷横、石秀及几位水军头领之前，同样有违这一原则——那是因为另外的原则在起作用。

这另外的原则就是第二原则，即与核心领导层的关系。中国几千年都是人治，梁山自然也是人治。与核心领导层，尤其是与大头领宋江的亲疏，是决定好汉们座次的重要因素。有时候甚至比第一原则即业务水平还重要。比如铁扇子宋清，全书未见有关他武功的描写，其暴力值恐怕比宋江还要差，可这并不妨碍他坐第七十六把交椅，排在薛永、李忠、周通、焦挺、孙新、张青、孙二娘等常常冲锋陷阵的武林高手之前。原因无他，他是大头领宋江的亲兄弟。

穆春排名宋清之后四位，在李忠、周通、焦挺、孙新、张青、孙二娘等屡经战阵的好汉之前。至于他的哥哥穆弘，更是跻身天罡之列，仅次于九纹龙史进。个中原因，在于穆氏兄弟和宋江关系亲密。宋江刺配江州时，在揭阳岭镇上偶然结识穆氏兄弟，以后又带着穆氏兄弟投奔梁山，穆氏兄弟便是宋江的亲信班底。问题是，薛永也是宋江在揭阳岭镇上结识的，为什么宋江只照顾穆氏兄弟而不提携薛永呢？这就涉及第三原则。

第三原则，落草前的社会地位。对一个正常人来说，从落草那一天起，就与此前的生活一刀两断，从前那个我不复存在。按理说，落草前的社会地位与落草做了强盗并无多大关系。比如一个县令做了强盗，那也只是强盗，没有人因为他做强盗前是县令而尊他为县级强盗。但是，梁山好汉对头领们落草前的社会地位不仅看重，而且相当看重。这是因为，落草前的地位越高，越能提升梁山的整体名望。这也是为什么柴进能坐第十把交椅的原因——柴进乃是让位有功的柴世宗的后人，手里握有铁券丹书，家里有两个大庄园，端的是社会成功人士，他也上山落草，更能证明落草有理，落草之人也不仅是身处社会底层的鸡鸣狗盗之徒。穆家同样有庄园，乃是当地数一数二的大户人家，穆氏兄弟上山前的社会地位，远非卖艺的病大虫薛永可比。并且，上山时，穆氏兄弟将穆家家产带上山充了公。这是一笔不菲的财富，对梁山发展必然不无裨益——异曲同工的是扑天雕李应，此人武功二流，上山后也无多少贡献，排名却仅次于柴进，位列十一，其原因也因他上山前是比穆氏兄弟更有钱更有名望的大财主，同样将庞大的家产带上了山。

第四原则，江湖名声。社会地位与江湖名声有一定关系，但不完全成正比。比如，卢俊义"生于北京，长在富豪之家"，家里为他打点生意的职业经理人就有几十个，社会地位之高，又在李应和穆氏兄弟之上。与此同时，他还武功高强，虽不与绿林交往，江湖上却十分有名，"一身好武艺，棍棒天下无对"，乃至宋江接任寨主之后，挖空心思要把卢俊义弄到梁山来坐第二把交椅。宋江的社会地位，其实只是郓城县衙的一个押司，小官都算不上，胥吏而已。但他的江湖名声，在卢俊义之上，不论是清风山的强人还是浔阳江的私商，原本已把宋江绑了，或是要挖了他的心肝做醒酒汤，或是要请他吃"板刀面"，可一听山东及时雨宋公明的名头，莫不慌忙下拜。

好汉们冲州撞府，雁过留声，人过留名，好名声就是好汉的通行证。雷横和朱仝两人同为郓城县都头，级别相当，武功差不多，且两人都与梁山两届大首领——晁盖、宋江有着不浅的交情。按理说，二人排名应该一前一后。事实上，朱仝排十二位，竟在鲁智深和武松之前，然朱仝的武功和对山寨的贡献，远不如鲁智深和武松。至于雷横，排名二十五，落后朱仝十三位，屈居穆弘之下。其原因，便是朱仝的江湖名声比雷横更好。书中说过，雷横"虽然仗义，只有些心匾窄"；朱仝却

"仗义疏财,结识江湖上好汉"。要知道,《水浒传》一书,对一个人的最高评价,莫过于仗义疏财,也就是舍得把大把大把的银子拿出来帮助别人。仗义疏财需要坚实的物质基础,朱仝是"本处富户",手头不缺银子,也不把银子看得太重;雷横却是"打铁匠人出身,后来开张碓坊,杀牛放赌",谋生不易,挣钱艰难,把银子看得重——他在东溪村拿了晁盖十两银子,吃相很难看,乃至刘唐愤怒不已,要找他讨回便是明证。雷横吃亏就吃亏在出身低贱,没法像朱仝那样仗义疏财,在江湖上赢得一个好名声,以至排名远远落后于昔日同僚。

比雷横还委屈的是另一个地煞。此人曾以其高超的本领屡立奇功。比如赚徐宁上山时,他潜入徐家偷走徐宁视若生命的宝甲;又比如攻打大名府时,他发挥飞檐走壁的特长,放火烧了翠云楼,城里城外里应外合,才一举拿下了铁桶般的城池。此人即鼓上蚤时迁。可以说,论对山寨的贡献,时迁不仅在地煞里几乎无人可及,对比许多天罡也要胜出一筹。像排名第五的关胜、第十五的董平、第十六的张清,他们有多少值得一提的战功吗?没有。然而,时迁的排名竟是第一百〇七,也就是倒数第二,仅高于金毛犬段景住,就连朱贵的兄弟朱富和大名府的两个刽子手蔡氏昆仲,都排在他前面。

如果说不公,梁山最大的不公就是给时迁定的座次。不过,事出有因——这因,也是梁山泊的组织原则之一。梁山好汉干的就是打家劫舍的营生。对这种不法勾当,他们从来都干得理直气壮。有意思的是,杀人越货或是攻城略地在好汉们眼中天经地义,小偷小摸却是奇耻大辱,有损好汉脸面。可时迁的出身，正是小偷小摸的毛贼。他出场时，杨雄与石秀在翠屏山碎割了潘巧云，"杨雄却认得这人，姓时名迁，祖贯是高唐州人氏，流落在此，则一地里做些飞檐走壁，跳篱骗马的勾当"。时迁在山上干啥呢，他自认："小人近日没甚道路，在这山里掘些古坟，觅两分东西"——他不仅偷活人的东西，连死人的也偷；并且，偷盗成性，夜宿祝家庄时，顺手偷了店里报晓的大公鸡，才惹出了三打祝家庄的后事。

抢劫可以，偷盗不行，这就是梁山乃至整个江湖都信奉的潜规则。所以，杨雄和石秀到了梁山，告知时迁因偷鸡而被捉去时，晁盖的反应是"大怒"，并喝叫"将这两个与我斩讫报来"。

晁盖要斩杨雄和石秀，唯一的原因就是他们"把梁山泊好汉的名目去偷鸡吃，因此连累我等受辱"。尽管宋江出面为二人说情，但宋江其实也和晁盖一样，对以小偷小摸闻名的时迁，内心充满鄙夷。

第五原则，充分考量山寨的未来发展。宋江接任寨主后，上台伊始，便旗帜鲜明地表达了他不同于晁盖时代和王伦时代的新思维：他下令，把聚义厅改为忠义堂。聚义厅，打家劫舍的江湖好汉，以义气相聚，共同在火盆里捞食，十分贴切。忠义堂，一伙强盗，他们要忠于谁呢？自然是宋江念念不忘的赵官家。早些年，宋江与武松结识时，曾苦口婆心地劝说武松一刀一枪，博个封妻荫子。及至武松不得不去二龙山落草，又叮嘱他"如得朝廷招安，你便可撺掇鲁智深、杨志投降了"。武松历事渐多，对社会的认识也越发深刻，到了梁山后，终于从

吴用使时迁盗甲

昔年动摇的招安派变成了坚定的反招安派，这恐怕大出宋江意料。至于宋江本人，从他上山那一天起，就时时梦想招安，梦想由聚义变忠义，由江湖好汉变朝廷命官，由打家劫舍变封妻荫子。

宋江虽是山寨头号人物，但梁山毕竟有大小一百○八位头领，人上一百，形形色色，由对抗官府到接受招安，由聚义变身忠义，这种关系到山寨全体人员命运和未来的大事，也不能完全由宋江一个人说了算。他必须有一帮志同道合的同盟。这同盟在头领中的排名越靠前，地位越高，也就越有话语权，就越能帮衬宋江。因此，梁山泊的组织原则里，确定头领的座次时，必须考虑到山寨将来更顺利地接受招安。

除了宋江渴望招安，梁山还有不少人对招安的渴望并不在他之下。那就是为形势所迫，不得不暂时栖身梁山的前官员，如关胜、呼延灼、秦明、花荣、董平、张清、杨志、徐宁、索超。这些人，本身武功高，业务能力强，加之他们对以后山寨的前途——即招安，有着举足轻重的影响，他们的座次，必然排得相当靠前。

投降的前官员外，另一批渴望招安的则是卢俊义、柴进和李应这种或富或贵，或既富又贵的主流社会成员，他们的排名，也非常抢眼。

第六原则，山头平衡。梁山一百○八将，来自不同山头，又因各种具体原因，形成了不同派系。这一点，也是排名时要加以考虑的。

林冲是仅有的四个三朝元老之一，并且，梁山每有战事，林冲几乎都是打头阵的不二人选，为山寨立下了汗马功劳。无论业务水平还是业务成绩，抑或江湖声望，他都应该排在五虎将之首，也就是总排名第五，仅次于四大核心领导。实际上呢，林冲的排名却在关胜之后。关胜上了梁山，其成就仅仅在于招降过魏定国和单廷珪两个地煞。关胜压在林冲之上的真实原因，倒不是关羽和他的赤兔马的基因强大到几百年后仍然能生出一模一样的子孙，而是基于林冲是晁盖的老班底。同理，水军是梁山重头戏，两赢童贯或三败高俅，水军都起了不可替代的作用。作为水军的缔造者和指挥者，三阮厥功至伟，他们的排名应该在二十名以内才合理。但三阮中排第一的阮小二，也仅第二十七名，既次于成事不足败事有余的李逵，也次于打酱油的穆弘。登州系有七位首领，是除梁山本身以外，实力仅次于二龙山的。但登州系领袖人物孙立，功夫十分了得，却连天罡也没进，仅排地煞第三。至于其弟弟孙新和弟媳顾大嫂，更是排在一百开外了。不过，好像是为了给登州系一点补偿，解珍、解宝兄弟反倒忝列天罡行列。

少华山一派，史进列入天罡，朱武、陈达和杨春均是地煞。陈达、杨春的功夫很平常，排在地煞没错。人称神机军师的朱武，最早提出通过宿太尉沟通朝廷，应该说，此人计谋不见得不如吴用，但他出自少华山一脉，就只能排地煞了。比较受委屈的是桃花山，李忠和周通的排名都将近九十，这既与二人功夫一般有关，更和没有大佬关照有关。与他们相仿佛的，比如浔阳江的张横、张顺等人，都是宋江铁粉，听说宋江在江州吃了官司，带领喽啰想劫法场。事虽未成，但他们投奔梁山，却是冲着宋江的面子去的。李忠、周通则不然，他们因呼延灼进剿桃花山，桃花山抵挡不住，向二龙山求救，杨志建议联合梁山共同出兵打青州，得胜后，二龙山、桃花山和白虎山三山共同投奔梁山。白虎山的两位头领，孔明和孔亮兄弟，按说，该与李忠、周通排名差不多，但孔氏兄弟却要靠前二十几名，并不在一个量级。个中缘故，并非孔氏兄弟功夫强过李忠、周通——孔明、李忠、周通都与呼延灼交过手，周通与呼延灼"斗不到六七合"便"气力不加"，只得"拨转马头往山上便走"；李忠与呼延灼"斗了十合之上，见不是头，拨开军器便走"，孔明虽与呼延灼"斗到二十余回"，却被呼延灼生擒。以此看来，孔明与李忠的水平大抵在一个量级，孔亮则在李忠之下，大概与周通差不多。孔氏兄弟排名靠前二十多位，也并非白虎山比桃花山更重要，而是孔氏兄弟与宋江交情更深。宋江杀阎婆惜后逃亡在柴进庄上，孔氏兄弟的父亲孔太公"特地使人直来柴大官人庄上取我在这里"，而孔氏兄弟"因他两个好习枪棒，却是我点拨他些个，以此叫我做师父"——宋江那三脚猫功夫，也能点拨孔氏兄弟，可知孔氏兄弟的武功有几斤几两。当然，重要的是，他们从此有了师生之谊。师父照顾徒弟，也是人之常情。

二龙山实力强大，出了好几位头领。其中，鲁智深、武松和杨志功夫了得，名声响亮，且宋江曾对武松非常赏识，故三位头列均进入前二十名。不过，鲁智深虽排名十三，仍有被打压之嫌——无论如何，他应该排在朱仝、李应之前。对鲁智深的打压，乃是宋江知道，这是一位坚定的反招安者。他排名太前，话语权太重，以后招安就压力山大了。所以，宋江对鲁智深口头上十分尊重，一口一声"吾师"，暗地里却十分防范。

三十六天罡的最后一位，是浪子燕青。燕青在梁山勾兑李师师时，曾起到过独特而重要的作用，可以说，梁山能把渴望招安的实情上达天听，全仗燕青。以此功，他位列天罡，应该。不过，梁山排名在前，燕青立功在后——换言之，他上山时，寸功未立，却名列天罡，居于久经战阵的朱武、黄信、孙立等七十二人之前。这仅仅在于，他是卢俊义的人。卢俊义虽是二把手，在梁山却全无根基，唯一的心腹就是燕青。宋江在排名时把燕青列入天罡末尾，也算对二把手的一种安抚。

梁山的组织原则，还有更重要的一条，那就是确定了座次之后，如何安排各位头领的具体工作。座次与具体工作的关系，相当于散官和职事官。或者套用今天的话说，相当于行政级别与实际岗位。行政级别决定了一个官员享受什么样的待遇，而实际岗位则是他们真正要干的工作。就像散官与职事官并不一一对应那样，行政级别与实际岗位也常常倒挂。

总体来说，在人事安排上，人尽其才，物尽其用，让头领们发挥专业水平是梁山的最大原则。

比如，三阮、张横、张顺等人的特长是水上作战，那他们就是最理想的水军首领人选。神算子蒋敬"精通书算，积万累千，纤毫不差"，便安排他"掌管考算钱粮支出纳入"，相当于后世的总会计师。其他如日行八百里的神行太保戴宗，统领梁山情报工作。从前开酒店的张青、孙二娘夫妇继续开酒店打探消息。财大气粗的柴进和李应掌管钱粮，相当于后勤部长。

吴用和公孙胜，自然是正副军师的最佳人选。能治各种疑难杂症的神医安道全，"掌管专治诸疾内外科"，相当于战地医院院长。轰天雷凌振能造各种火炮，便"掌管专造一应大小号炮"。铁匠出身的汤隆，"掌管监督打造一应军器铁甲"。二人相当于兵工厂厂长。江湖上人称第一手裁缝，"端的是飞针走线"的侯健，"掌管专造一应旌旗袍袄"，相当于被服厂厂长。身材最高大的郁保四，则"专一把捧帅字旗"，相当于仪仗队队长。

人尽其才，物尽其用的大原则下，人事安排上还有一些不能公开的潜规则。那是宋江的御下之术。即让兄弟们互相制衡，便于他的最终掌控。比如对水军的安排就是最显著的例子。

如前所述，水军支撑起了梁山半壁江山，但对最资深的水军首领三阮，鉴于他们既是忠实于晁盖的元老，又是坚定的反招安派，宋江并不放心。宋江的处理办法是，将他信得过的李俊、张横、张顺安排到水军掺沙子，排名在三阮之前，以消解三阮对水军的控制——从排名看，李俊在三阮之前，但阮小二在张横、张顺之前，阮小五在张顺之前。由此反过来证明了前面的论断，即座次与权力并不一定对等。

再如，吕方、郭盛和孔明、孔亮，四人武功中等，都没进入天罡，而是地煞。但四人的职位却很重要——吕方、郭盛是守护中军马军骁将，孔明、孔亮是守护中军步军骁将。中军是什么地方，是以宋江为首的几个核心领导的中枢之地，吕方等四人的职责就是护卫他们，相当于贴身警卫。不是特别信得过、特别听话的兄弟，宋江会这样安排吗？

综上所述，尽管梁山的组织原则和人事安排，毫无悬念地打上了宋江的烙印，但公正地说，它显然要比大宋的组织原则和人事安排更科学、更合理。是故，我有理由认为，梁山和官府之间的战争，总是以梁山的胜利和官府的失败告终，与梁山更为科学、合理的组织原则与人事安排之间，有着千丝万缕的关系。它既能调动头领的积极性，也能让头领各司其职，各尽其才。与此相反，官府的组织原则与人事安排其实只需四个字就可以概括：任人唯亲。

两者孰优孰劣，用脚指头都想得出来。